Palmenherz

Dieses Buch ist meinem Mann gewidmet, der immer an mich glaubt und mich in allem, was ich tue, unterstützt. Ich danke dir von Herzen.
Es ist ferner Frau Weymann gewidmet, die mir dabei geholfen hat, den Stein auf meinem Herzen an eine Stelle zu rücken, an der er tragbar wurde.

Julia Schönthier

Palmenherz

Wie (über-)lebt man mit Magersucht?

Bibliografische Information der Deutschen Nationalbibliothek:
Die Deutsche Nationalbibliothek verzeichnet diese Publikation in der Deutschen Nationalbibliografie;
detaillierte bibliografische Daten sind im Internet über http://dnb.d-nb.de abrufbar.

Satz, Umschlaggestaltung, Herstellung und Verlag:
BoD – Books on Demand

ISBN: 978-3-8482-4852-0

Inhalt

1. Kapitel

„Nicht, was wir gelebt haben, ist das Leben, sondern das, was wir erinnern und wie wir es erinnern, um davon zu erzählen.“
(Gabriel García Marquez)

Auf einmal schien alles anders. Ich fühlte mich wie ein neuer Mensch, vielleicht sogar wie nach dem ersten Kuss, fast beflügelt. Das Wort Magersucht ging mir nicht mehr aus dem Kopf, es war auf einmal ganz fest in mir verankert. War es wirklich so, wie es die Ärzte gesagt hatten, war ich wirklich magersüchtig?

Ich hörte dieses Wort nun nicht zum ersten Mal, in den Medien wurde viel davon gesprochen. Auch hörte ich ab und zu über mehrere Ecken, dass dieses oder jenes Mädchen, das man kannte, wohl davon betroffen sei. Auch ich wurde phasenweise, mal öfter, mal weniger, aber eigentlich schon seit vielen Jahren darauf angesprochen, dass ich doch zu dünn sei. Doch da ich mit Sätzen wie „Kind, du wirst ja immer dünner, hast du schon wieder abgenommen, isst du denn auch genug, du machst zu viel Sport …“ quasi groß geworden war, war ich bereits an sie gewöhnt und hatte sogar stets eine freundliche Antwort parat: „Nein, das sieht nur so aus wegen meiner Kleidung“ oder „… hatte in letzter Zeit ein wenig Stress und bin nicht so zum Essen gekommen“ oder „… das liegt wahrscheinlich an dem Magen-Darm-Virus, den ich letzte Woche hatte“ oder „… kann ja gar nicht sein, bin eigentlich schon lange nicht mehr zum Sportmachen gekommen.“

Niemals hatte es jedoch jemand so direkt auf den Punkt gebracht und mir dabei noch direkt ins Gesicht geschaut wie der Arzt im Krankenhaus.

Ich war damals 21 Jahre alt und hatte einen Reitunfall. Mit dem Rettungswagen wurde ich ins Krankenhaus gefahren. Unterwegs wurden mir die Schichten von Kleidung, die ich an diesem kalten Wintertag getragen hatte, vom Körper geschnitten, da man nicht wusste, ob ich mir etwas an der Wirbelsäule getan hatte, und mich lieber erst einmal nicht bewegen wollte. Ich erinnere mich noch genau, wie sehr ich mich bloßgestellt fühlte, nackt vor den Rettungssanitätern zu liegen, die nicht viel älter waren als ich.

Meine uralte Micky-Maus-Unterwäsche, die noch aus meiner Teenagerzeit stammte, und mein anscheinend immer noch dazu passender Körper waren wohl für die Fehleinschätzung meines Alters verantwortlich, das sich wenig später im Krankenhaus aufklärte, als der Arzt den von den Sanitätern ausgefüllten Bogen vorlas. Die Jungs waren so nett gewesen, mich auf circa 16 Jahre zu schätzen. Es herrschte eine peinliche Stille im Raum, nachdem ich den Arzt verbesserte und ihm mein wahres Alter verriet. Doch er fasste sich schnell wieder und fragte mich direkt vor allen anderen Personen im Raum, ob ich an Anorexie leiden würde. Ich wusste nicht so recht, was er meinte, schließlich war ich doch hier wegen meines Reitunfalls, doch an diesem schien er nun weniger interessiert zu sein. Er wiederholte seine Frage, verwendete nun jedoch ein neues Wort: „Sind Sie magersüchtig?“

Diese Frage dröhnte nun immer noch in meinem Kopf, und mir schossen Tränen in die Augen, als ich einige Zeit später in meinem Krankenhausbett lag. Ich hatte das Gefühl, auf einmal völlig machtlos zu sein. Der Arzt hatte gesagt, ich solle einige Tage hier bleiben. Ich hätte Glück gehabt bei dem Sturz, doch sollte ich mich noch etwas schonen – und vor allem zunehmen; so könne er mich nicht entlassen. Ich verstand gar nichts mehr. In einer Stunde hätte ich anfangen müssen zu arbeiten, ich war noch nie zuvor krankgeschrieben, und heute Abend wollte ich noch zum Schwimmen. Es war doch nichts passiert! Ich hatte Glück gehabt, das hatte er selbst gesagt, und trotzdem sollte ich hier bleiben? Ich hätte platzen können vor Wut. Es bildete sich ein schmerzhafter Kloß in meinem Hals, und das Wort Magersucht dröhnte durch meinen Kopf.

Draußen war wunderschönes, sonniges Winterwetter, und ich versuchte, mich zu entspannen. Vielleicht würden sie mich morgen schon wieder entlassen. In mir herrschte ein absolutes Gefühlschaos. Auf der einen Seite dachte ich, nun war es raus, nun ist es vorbei, das ewige Versteckspielen und Vorspielen einer Person, die ich gar nicht bin, denn ja, ich bin die magersüchtige Julia und stolz darauf. Aber auf der anderen Seite machte mir das Wort Magersucht große Angst. Es ist so unglaublich abwertend, fast vernichtend. Ich hatte Angst, nun auf die Schiene der Kranken, Schwachen und anderen abgeschoben zu werden. So oft hatte ich gehört, wie einige Menschen über Magersüchtige sprachen: „Guck mal, das ist …, die ist magersüchtig.“ „Sieht sie nicht schrecklich aus.“ „Ekelig dünn.“ „Sie will ja nur den Models nacheifern.“ „Fühlt sich wohl selbst wie ein Model.“

Ich wusste schon immer, dass ich anders war als manch andere Mädchen in meinem Alter. Ich fühlte mich einfach anders. Ich machte mir andere Gedanken, viel mehr Gedanken als die anderen, und ich hatte ganz andere Interessen als die meisten. Ich hatte das Gefühl, mehr zu spüren, mehr zu sehen und mehr zu fühlen als viele andere. Mir fiel auf, was andere häufig gar nicht bemerkten oder sahen. Vor allem im zwischenmenschlichen Bereich hatte ich eine sehr sensible Wahrnehmung. Dieses Mehr-Sehen und -Wahrnehmen bereitete mir so viele Sorgen und Ängste, dass ich es als etwas sehr Negatives und Belastendes empfand.

Das „andere" Essverhalten gehörte auch zu dem Anderssein, und vielleicht benutzte ich es viele Jahre als Ausrede, um mich selbst zu täuschen, mich abzulenken von allen anderen Dingen, die bei mir anders waren als bei anderen. Ich brauchte etwas, um mich selbst zu beruhigen, um mir gegenüber immer eine Erklärung parat zu haben für das, was an mir anders war, wenn ich mir mal wieder den Kopf darüber zerbrach, warum mir Dinge auffielen und mich tagelang beschäftigten, die anderen vollkommen egal zu sein schienen. So konnte ich mir einreden, gar nicht wirklich anders zu sein, mich nur anders zu fühlen, weil das mit dem Essen bei mir etwas anders war als bei anderen. Anders sein, so schien es mir, war nämlich meistens nicht erwünscht, und man machte sich damit nicht immer Freunde. Meine Wahrnehmung behielt ich daher für mich, und ich wollte es, so gut es ging, verbergen, dass ich kaum etwas aß, um mir keine Feinde zu machen oder als übersensibel zu gelten. Feinde zu haben oder Menschen um mich zu haben, die mich nicht mochten, war immer meine größte Sorge. Anders sein hieß bei diesen Menschen schnell, arrogant zu sein, und das wollte ich auf keinen Fall.

Ich bekam große Angst davor, was andere wohl über mich dächten, wenn es nun offiziell heißen würde: Julia ist magersüchtig. Bestimmt würden alle über mich reden, noch mehr als ohnehin schon. Ich hatte oft das Gefühl, dass Leute aus meinem Bekanntenkreis über mich redeten. Natürlich wusste ich nicht, weshalb und ob es Gutes oder Schlechtes war, was sie redeten, meistens ging ich jedoch davon aus, dass es Schlechtes war.

Ich wollte nicht die offizielle Magersüchtige sein! Die Leute verstünden es ohnehin nur falsch und würden mich vielleicht sogar von da an anders behandeln, in mir nur noch Schwäche und Krankheit sehen. Das wollte ich auf gar keinen Fall, schließlich war ich nie krank und auch nicht schwach. Ganz im Gegenteil, es schien, als hätte ich unglaublich viel Power, von der auch mein Umfeld profitierte.

Vielleicht hat mich dieser Tag im Krankenhaus schon einen großen Schritt weitergebracht, da ich von nun an wusste, was in mir und mit mir vorging. Das heißt, eigentlich wusste ich schon immer, dass in mir eine unglaubliche Kraft herrscht, die mich manchmal sogar fast beherrscht, aber ich hätte diese Kraft niemals Magersucht genannt, denn das hörte sich so negativ an. Ich empfand diese Kraft eher als positiv, und somit war ich noch sehr weit davon entfernt, etwas an meiner Situation ändern zu wollen oder andere daran teilhaben zu lassen. Noch fühlte ich mich zu wohl mit dem Geheimnis, das ich in mir trug. Es war ganz allein mein, und es machte mich für mich sehr besonders. Ich sah keinen Grund dafür, etwas zu ändern, denn das, was ich hatte, machte mich stark und verlieh mir unglaubliche Kraft und Sicherheit. Das war ich, das war alles, was ich hatte und worum sich mein Leben drehte, mein Geheimnis, meine Magersucht.

Somit brachte dieser Krankenhausaufenthalt damals noch keine wirkliche Veränderung mit sich, nur großen Trubel und Besorgnis innerhalb der Familie, die „auf einmal“ eine magersüchtige Tochter hatte.

Der behandelnde Arzt hatte mir im Krankenhaus nahegelegt, meinen Hausarzt aufzusuchen und eine Therapie zu beginnen. Heute, mit viel Abstand zu der Zeit damals, bin ich immer wieder erstaunt, wie viele kompetente Menschen sich von mir immer wieder haben anlügen und überzeugen lassen, dass doch alles gar nicht so schlimm sei, wie es aussehe, und dass ich auf jeden Fall etwas ändern werde, und mich dann schließlich immer wieder haben gehen lassen.

So war dieser Arzt im Krankenhaus natürlich auch nicht der erste, der mich so gesehen hatte. Immer wieder mal hatte mich meine Mutter aufgrund meines Gewichtes zum Arzt geschickt. Ich erzählte dort immer die gleiche Geschichte: Verdauungsprobleme, Durchfälle, Unverträglichkeiten gegenüber bestimmten Lebensmitteln, wobei ich mir dies nicht nur ausdachte. Ich bekam wirklich über die Jahre hinweg immer häufiger Durchfall. Heute ist mir jedoch auch klar, dass der Körper aus mehreren Litern Orangensaft oder Apfelsaft am Tag natürlich immer schlechter einen festen Stuhlgang erzeugen konnte. Regelmäßig wurde daher mein Stuhl untersucht und mir versichert, dass alles in Ordnung sei. Niemals hat mich jedoch ein Arzt bei diesen Untersuchungen auf mein Gewicht angesprochen oder sich mit mir über das Thema Magersucht unterhalten. Nicht einmal meine Frauenärztin, die mich als Einzige über viele Jahre regelmäßig nackt zu Gesicht bekam, die von dem Ausbleiben meiner Tage wusste sowie von den häufig auftretenden Blasenentzündungen und Nierenbeckenentzündungen, die mich plagten. Ich sollte später noch sehr kompetenten Ärzten begegnen, dennoch überrascht es mich nicht, dass laut Wissenschaftlern des Universitätsklinikums Heidelberg noch immer 14,3 Prozent der an Magersucht erkrankten Frauen und Mädchen sterben. Diese Zahl ist nicht nur deshalb so hoch, weil diese Mädchen sich nicht helfen lassen wollen, sondern auch weil ihnen meist erst konsequent geholfen wird, wenn es schon fast zu spät ist. Ich habe das Gefühl, viele Ärzte haben immer noch Angst, dieses Thema anzusprechen, wahrscheinlich vor allem, weil sie Angst haben vor Konfrontationen mit den Familien. Ich kann auch verstehen, dass viele Ärzte bei der heutigen Mode nicht unterscheiden können zwischen krankhaft dünn und modisch dünn. Aber ich frage mich: Wenn nicht einmal die Ärzte es sehen, wer soll es dann erkennen, und wie soll den vielen betroffenen Mädchen, Frauen, Jungen und Männern dann geholfen werden?

Vielleicht war es bei mir auch besonders schwierig, da ich in meiner dünnsten Phase nicht mehr unter 18 Jahren war und die Ärzte dadurch auch den Eltern gegenüber zur Schweigepflicht verpflichtet sind und es dadurch schwieriger für sie sein kann, etwas zu unternehmen. Natürlich ist es auch richtig, dass nur etwas unternommen werden kann, wenn der Patient es wirklich will – aber wie soll der Patient es wollen, wenn er es selber nicht erkennt und ihn auch keiner darauf aufmerksam macht, in was für einer lebensgefährlichen Situation er sich befindet. So würde sich ja auch kein Krebspatient freiwillig einer Chemotherapie unterziehen lassen, wenn er nicht wüsste, dass dies lebensnotwendig für ihn sei.

Ich habe so viele magersüchtige Mädchen kennengelernt, die alle von diesem Problem berichtet haben: Keiner hat es gesehen, keiner hat mich gesehen!

Auch wenn der Arzt im Krankenhaus mir nicht direkt gesagt hat, dass meine Situation lebensgefährlich ist, hat er zumindest als Erster das Kind beim Namen genannt und damit etwas in mir, wenn auch zunächst nur ganz langsam, zum Rollen gebracht.

2. Kapitel

„Die Liebe hat Zeit, sie liebt mit langem Atem. Sie ist freundlich. Sie erzwingt nichts und nimmt den anderen, wie er ist.“

(1. Korintherbrief, in Anlehnung an Jörg Zink)

Langsam fing es an, weihnachtlich zu werden, und es wurde immer kälter. Ich glaube, dieser Winter war einer der kältesten für mich.

Zu Weihnachten häuften sich die Chorauftritte, und so stand mir auch an diesem Sonntag einer bevor. Ich hatte mal wieder die halbe Nacht nicht geschlafen vor Kälte. Ich bekam einfach meine Füße nicht warm und fühlte mich am nächsten Morgen völlig gerädert, doch ein Lauf durch die Winterlandschaft tat mir gut und brachte mir neue Kräfte.

Ich wohnte damals mit meiner Familie auf dem Land. Die Menschen im Dorf wurden wegen ihrer Tiere oft sehr früh wach, und deswegen versuchte ich meist, mit den ersten Sonnenstrahlen loszulaufen. Ich wollte nur ungern, dass mich jemand sah, denn im Dorf wurde viel geredet, und es würde auf jeden Fall bis zu meiner Mutter gelangen, dass ich wieder beim Laufen gesehen wurde. Ich wollte sie nicht beunruhigen, denn sie verstand nicht, warum ich so viel lief, bei all der Bewegung, die ich ohnehin schon durch die Arbeit, das Reiten und das Schwimmen hatte. Sie hielt es außerdem für ungesund bei meiner zarten Figur. Vielleicht, nein wahrscheinlich hatte sie sogar recht, doch damals konnte ich es einfach nicht einschätzen und nicht davon lassen. Ich genoss zu sehr die Natur, die frische

Luft und das Gefühl, total abschalten zu können und beim Laufen an nichts denken zu müssen.

Das Gefühl, schon am frühen Morgen etwas geschafft und geleistet zu haben, tat mir so gut. Nur durch das Laufen gelang es mir, mich ganz leer zu fühlen, und ich genoss geradezu das Gefühl des Verbrennens (heute ist mir bewusst: Ich genoss das Verbrennen von Kalorien). Ich hatte das Gefühl, je schneller ich lief und je schneller der Wind an meiner Haut rieb, desto mehr verlor mein Körper an Volumen. Es war, als wenn das Fett vom Wind abgerieben wurde.

Es ist so schwer, das Gefühl für Außenstehende zu beschreiben, ohne dass es sich total krank und verrückt anhört. Normalerweise hatte ich ein ständiges Gefühl der Fülle in mir und an mir dran. Nicht nur im Bauch; alle Körperteile, auch Arme und Beine fühlten sich ständig so an, als wenn sie über den Tag hinweg zunehmend anschwollen. Fast unerträglich wurde dieses Gefühl, wenn ich etwas aß, später sogar auch, wenn ich etwas trank. Oft bildete ich mir sogar ein, zusehen zu können oder zu fühlen, wie mein Körper beim Essen dicker wurde. Ich hatte den Kopf voll, wenn ich mit anderen an einem Tisch saß, und war die ganze Zeit damit beschäftigt zu kontrollieren, ob meine Handgelenke und Arme noch so dünn waren wie vor dem Essen, daher hatte ich ständig das Bedürfnis, meine Arme abzutasten. Zum Abend hin fühlte ich mich oft besonders voll und füllig.

Das Laufen befreite mich für einige Zeit von diesem schrecklichen Völlegefühl, und ich fühlte mich, wenn auch meist nur für kurze Zeit, wieder wohl in meinem Körper. Auch befreite es mich für einige Zeit von all den

Gedanken, die tagtäglich in meinem Kopf kreisten und mich plagten. Ich konnte beim Laufen für einige Zeit wirklich abschalten, nichts denken, mir keine Sorgen machen, keine Ängste spüren, mich nicht unwohl fühlen. Daher brauchte ich es so sehr und versuchte, es geheim zu halten vor meiner Familie, um mich vor niemandem rechtfertigen zu müssen, denn wie hätte ich es auch erklären sollen?

Einfach war es jedoch nicht, denn ich bekam immer einen fürchterlich roten Kopf beim Laufen, und die Farbe brauchte einige Zeit, um wieder abzuklingen.

An diesem Morgen in der Vorweihnachtszeit verspürte ich ein besonders großes Verlangen zu laufen, da ich wusste, dass wir nach dem Chorauftritt noch auf einem Brunch bei Freunden aus dem Dorf eingeladen waren. Dieser Brunch hatte mich schon seit Tagen dazu angehalten, noch ein bisschen mehr Sport als sonst zu machen und noch ein bisschen weniger als sonst zu essen. Ich freute mich auf das riesige Buffet und die ganzen Köstlichkeiten. Ich wollte auf jeden Fall davon probieren, schließlich liebte ich Essen, besonders wenn es so schön angerichtet wurde und in Gesellschaft stattfand. Gleichzeitig beschäftigten mich solche Esseneinladungen oft schon Tage vorher, und ich musste einiges vorher geleistet haben, um mir dann an diesem Tag etwas von dem Buffet erlauben zu dürfen und leisten zu können. Alles war immer genauestens berechnet.

Mehr noch als Buffets waren Speisekarten meistens eine totale Überforderung für mich. So viele verschiedene Sachen, alles Dinge, die ich mir immer lange vorher verboten hatte, und nun wollte ich am liebsten alles probieren, hätte mir alles jedoch niemals erlaubt und konnte mich daher oft nicht entscheiden. Bei einem Buffet fühlte ich mich etwas freier, nicht so beobachtet, wie wenn alle an einem Tisch saßen und ich mich für ein Gericht hätte entscheiden müssen. Bei einem Buffet füllte ich mir oft von jedem eine Kleinigkeit auf, probierte dann bestimmt auch den einen oder anderen Happen, ging dann auf die Toilette, und wenn ich zurückkam, war mein Teller, wenn ich Glück hatte, bereits abgeräumt.

Ich sang für mein Leben gern und schon solange ich denken konnte. Meine Uroma war Opernsängerin, sie sang mit mir immer vor dem Schlafengehen ein kleines Lied. Meine Familie sagte, ich hätte nicht nur ihren Namen, das gleiche Geburtsdatum und ihre Backkünste geerbt, sondern auch ihre kräftige, schöne Stimme. Obwohl ich sonst sehr leise sprach, was mit den Jahren zunehmend schlimmer und mir in meiner Ausbildung oft zum Verhängnis wurde, konnte ich unglaublich laut singen und hatte vielleicht auch durch das jahrelange Schwimmen besonders viel Luft. In letzter Zeit kostete mich das Singen jedoch immer mehr Kraft, und ich hatte das Gefühl, meiner Stimme fehlte es zunehmend an Volumen.

Der Chorauftritt in diesem Winter war der schlimmste, den ich je hatte. Ich hatte das Gefühl, etwas verloren zu haben, was mir am meisten bedeutete, die Kraft meiner Stimme. Ich wusste damals nicht, was mir an diesem Tag fehlte, und war davon überzeugt, dass es an einem Grippeanflug lag. Offensichtlich war jedoch, dass mir die Kraft fehlte, aufrecht zu stehen und dabei zu singen. Mein Duett-Partner reichte mir die Hand, um mich dabei zu stützen. Ich hatte die Hoffnung, dass die Leute glaubten, es würde zu dem Stück dazugehören, da es ein Stück über die Liebe war. Der tosende Applaus bestätigte zum Glück, dass es dem Publikum gefallen hatte, doch wie meine Mutter mir später noch berichtete, kamen die Leute diesmal nicht nur aufgrund meiner schönen Stimme auf sie zu, sondern auch, weil ihnen aufgefallen war, dass ich gefährlich dünn aussah.

Meine Mutter versuchte, sich in diesem Punkt oft Bestätigung über andere zu holen, daher glaubte ich ihr nicht, als sie mir dies erzählte. Sie und meine Oma fanden schon immer, dass ich zu dünn war, und wollten immer, dass ich zunahm, daher war ich die Diskussionen über dieses Thema schon gewöhnt. Am Ende dieses Tages sollte das Gespräch jedoch etwas ernster ausfallen als sonst.

Mama und mein Stiefvater – ich nenne ihn Papa, da ich ihn seit meinem fünften Lebensjahr kenne – wollten am Abend mit mir sprechen.

Diesmal schienen sie wirklich besorgt. Vor allem meine Mutter. Mein Papa ist Arzt, schien zu diesem Thema jedoch eher weniger zu sagen zu haben. Er sagte sowieso wenig und vertrat selten seine Meinung. Er schien oft sehr unbeteiligt und abwesend, und wenn man ihn nicht besser kannte, könnte man meinen, er sei an vielen Dingen einfach nicht interessiert. Meistens war er sowieso nicht zu Hause und konnte deswegen häufig auch nicht nach seiner Meinung gefragt werden, was ihn wiederum oft sehr wütend machte. So wirkte er auch bei diesem Gespräch eher emotionslos.

Meine Mutter meinte, so könne es nicht weitergehen, sie haben nun lange genug zugesehen, wie ich immer dünner und dünner wurde. Sie könne nicht mehr schlafen vor Sorge um mich und habe meine Lügen über das Essen durchschaut. Zum ersten Mal benutzte auch sie an diesem Abend das Wort Magersucht und versuchte, mir zu verinnerlichen, dass diese Krankheit lebensgefährlich sei. Ich würde mich kaputtmachen und mich langsam immer mehr auflösen. Ich hätte ja nicht einmal mehr Kraft zum Reiten und Singen. Ich würde unglaublich schwach und zerbrechlich wirken. Sie erinnerte mich an die Aufforderung des Arztes im Krankenhaus, einen Hausarzt aufzusuchen.

Ich empfand es jedes Mal als so unglaublich ungerecht, wenn mir jemand versuchte deutlich zu machen, wie schlecht es *ihm selbst* gehe aufgrund meines niedrigen Gewichtes, wie schlimm es für *ihn* sei, mich so sehen zu müssen. Niemals jedoch fragte mal jemand, *warum* ich so wenig essen würde oder ob es *mir* schlecht ginge. Die meisten schütteten mir nur ihre eigenen Sorgen und Gefühle aus. Viele sprachen immer nur über sich, was bei mir das Bedürfnis zu hungern noch verstärkte.

Dabei hätte ich jedoch über meine Gefühle wahrscheinlich gar nicht sprechen können, denn alle Gefühle, und so auch das Gefühl der Ungerechtigkeit, blieben tief in mir verborgen.

Ich erinnere mich, dass ich, genau wie mein Papa, sehr weit weg gewesen sein muss bei diesem Gespräch, ich konnte dem Ganzen kaum folgen. Doch merkte ich auch zum ersten Mal eine tiefe Müdigkeit, die sich in meinem Körper breitmachte. Ich fühlte mich fast wie gelähmt, alles war unglaublich anstrengend. Sogar einfach nur zuzuhören kam mir vor wie eine große Last auf meinen Schultern, und ich dachte zum ersten Mal: Ich kann nicht mehr. Ich merkte selber, dass ich in den letzten Wochen immer mehr an Kraft verloren hatte, aber ich wollte einfach nicht wahrhaben, dass das nur an meinem Gewicht lag. Und selbst wenn es daran gelegen hätte, sah ich zu diesem Zeitpunkt noch lange keinen Weg, wie ich dies hätte ändern können, ich glaube, ich wollte es auch nicht ändern, ich hatte zu große Angst davor. Daher sah ich wahrscheinlich den Grund für meine Entkräftung vor allem in meiner überaus anstrengenden Hotelfachausbildung

Wir Azubis wurden in allen Bereichen des Hotels eingesetzt und arbeiteten für unglaublich wenig Geld am allermeisten. Manchmal arbeitete ich neun bis zehn Tage durch, und eigentlich hatte ich nie nach acht Stunden Feierabend. Dazu kam, dass die Arbeit im Hotel oft körperlich sehr anstrengend war, man stets unter Stress stand und dabei häufig über mehrere Stunden hinweg vergaß zu essen und zu trinken. Ich sah, dass es den anderen Azubis genauso erging wie mir und sie genauso stöhnten über die Arbeit. Einige hatten die Ausbildung sogar bereits abgebrochen. Ich suchte damals immer nach aktuellen Erklärungen für meine Gewichtsabnahme. Niemals hätte ich es selber für möglich gehalten, dass die Gründe dafür ganz andere waren und wie tief vergraben diese Gründe in mir lagen.

Ich hatte für den Dezember eine große Reise geplant, meine erste große Reise allein, und befürchtete nun natürlich, dass ich diese von meinen Eltern aus nicht antreten durfte. Und so war es auch; genau darauf hatten sie es angelegt. Sie sagten, sie hatten Angst, mich fahren zu lassen, mich vielleicht niemals wiederzusehen. In meinem Zustand sei es verrückt, eine Reise nach Südafrika anzutreten.

Ich glaubte, mich verhört zu haben. Von Anfang an waren sie dagegen gewesen. Ich hätte es verstehen können, wenn sie ein wenig besorgt gewesen wären, da sie den Mann nicht kannten, zu dem ich fliegen wollte. Doch ich empfand es als so ungerecht, diese Besorgnis auf meine körperliche Verfassung zu schieben. So lange hatten sie nichts bemerkt, und ich glaube, mein Papa verstand auch immer noch nicht so genau, warum so viel Wind um mein Gewicht gemacht wurde. Er sagte einige Jahre später einmal, er habe es wirklich nicht gesehen.

Aber ich hatte auch selbst Angst vor dem, was vor mir lag. Wegen meines Gewichtes machte ich mir zunächst weniger Sorgen, viel mehr Angst hatte ich davor, Fabian nach so einer langen Zeit wiederzusehen.

Über eine Freundin hatten Fabian und ich uns kennengelernt. Er war damals gerade aus Mexiko von einem Auslandspraktikum zurückgekehrt.

Als ich ihn zum ersten Mal sah, war es, als ob die Zeit um uns herum stehen blieb. Einen Mann wie ihn hatte ich mir immer gewünscht. Er war sehr groß und unheimlich gut gebaut, hatte muskulöse Arme und unglaublich schöne, fast schwarze Locken. Seine Haare hatten es mir am meisten angetan. Eigentlich müssten diese Zeilen von meiner Freundin geschrieben werden, denn sie bringt immer wieder viele Leute zum Lachen, wenn sie versucht, die erste Begegnung zwischen Fabian und mir nachzustellen. Sie sagt immer, es war wie in einem kitschigen Liebesfilm, der auf einmal in Zeitlupe umgestellt wird, während im Hintergrund ein Lovesong erklingt, wir hätten uns gegenseitig geradezu angestarrt, und sie hatte das Gefühl, ganz schnell eingreifen zu müssen, um die peinliche Situation, die wir als absolut normal empfanden, zu entschärfen.

Bereits an dem Abend unseres Kennenlernens erzählte Fabian mir von seinen Plänen, nach Südafrika zu gehen, um dort ein Semester lang zu studieren. Daher machte ich mir keine große Hoffnung, was uns beide betraf. Ein Freund hätte mir zu diesem Zeitpunkt eigentlich auch nicht gut gepasst. Doch wie das Leben so spielt, bekam Fabian über meine Freundin meine Telefonnummer heraus, und nach einigen Telefonaten kam es dann doch zu einem ersten Date.

Der Mann beeindruckte mich noch viel mehr, als er mich zu sich nach Hause zum Essen einlud. Er hatte nicht nur eine total bezaubernde kleine Wohnung, er kochte auch noch hervorragend, zumindest sah es hervorragend aus, denn gegessen hatte ich leider bereits im Hotel. Er selber konnte unglaublich viel essen, und ich genoss es, ihm dabei zuzusehen, und so schien auch er es genießen zu können, obwohl ich nichts aß.

Ich genoss es immer sehr, mit Menschen beim Essen an einem Tisch zu sitzen. Ich fand es unheimlich gesellig und guckte anderen gerne beim Essen zu. Andere essen zu sehen reichte mir völlig aus. Ich weiß nicht, ob ich sagen kann, es machte mich satt, andere essen zu sehen, das vielleicht nicht. Aber es stillte wirklich mein Bedürfnis nach Essen.

Leider wurde es zunehmend schwieriger für mich, Menschen zu finden, die akzeptieren konnten, dass ich mit ihnen an einem Tisch saß, ohne selber zu essen. Viele schien es zu stören, oder sie schienen ein schlechtes Gewissen zu bekommen – vielleicht weil sie sich schämten oder Angst hatten, selber zu viel zu essen, oder weil es ihnen einfach komisch vorkam, dass ich so dünn war und dann auch noch nichts aß. Ich musste mich immer häufiger vor anderen rechtfertigen, wenn ich nicht aß, egal vor wem, und das verdarb mir schon grundsätzlich den Appetit, schließlich sagte ich auch niemals zu anderen, sie sollten nicht so furchtbar schlingen, oder urteilte über die Mengen, die so manch einer in sich hineinschob.

Heute vermute ich, wer sich selbst beim Essen ganz gesund verhält, der braucht nicht zwingend andere Menschen, die mit ihm essen, sondern kann auch allein genießen und lässt sich dabei durch andere nicht irritieren.

Fabian war, was das Essen anging, mehr als gesund. Vor ihm musste ich mich nie rechtfertigen, wenn ich nicht essen wollte. Ich konnte einfach bei ihm sitzen und ihm zusehen. Manchmal hielt er mir seine Gabel hin und fragte, ob ich probieren möge, und ohne groß darüber nachzudenken, konnte ich dann den Bissen entgegennehmen. Ich liebte es, von seinem Teller zu probieren, das tat fast gar nicht weh, denn es war ja *sein* Teller!

Die Zeit bis zu seiner Abreise verging viel zu schnell, und uns blieb, trotz vieler schöner gemeinsam verbrachter Stunden, viel zu wenig Zeit, um uns richtig kennenzulernen. Trotzdem erinnere ich mich noch gut an den mich fast zerreißenden Abschiedsschmerz des letzten Tages. Der Schmerz im Hals war geradezu unerträglich, und ich wünschte mir so sehr, weinen zu können, um ihn rauszulassen, doch ich konnte nicht. Ich spürte einfach nichts, nur diesen unerträglich stechenden Schmerz.

Fabian war nun weit weg von mir, und ich konzentrierte mich so schnell wie möglich wieder auf tausend andere

Dinge. Ich lenkte mich ab und verdrängte alle meine Gefühle, darin war ich schon immer besonders gut. Niemals ließ ich mir irgendetwas anmerken, irgendwann konnte ich nicht einmal mehr vor mir selber Gefühle zulassen.

Vielleicht hatte ich aus dieser Eigenschaft heraus auch die Berufswahl Hotelfach getroffen. Hier war es nämlich nicht erwünscht, seine eigenen Gefühle oder Gedanken preiszugeben, sondern nur die Bedürfnisse anderer zu berücksichtigen und deren Wünsche zu erfüllen.

Mit Fabian hatte ich eigentlich schnell abgeschlossen – oder vielleicht muss ich eher sagen, ich hätte es getan, wenn nicht nach etwa einer Woche ein Brief aus Kapstadt eingetroffen wäre, in dem er mir schrieb, wie sehr ich ihm fehle und dass er mich liebe. Beigefügt hatte er mir eine Bundstiftskizze vom Blick aus dem Fenster seiner Wohnung auf den Signal Hill.

Wöchentlich gingen nun Briefe zwischen uns hin und her, und fast jede Woche rief er mich an und berichtete von seinem Leben in Südafrika.

Was mein Leben anging, hielt ich mich ihm gegenüber bedeckt. Es fiel mir schon immer sehr schwer, besonders viel über mich zu erzählen, viel lieber hörte ich anderen zu. So erging es mir auch häufig mit vielen meiner Freundinnen oder Bekannten. Ich war eine gute Adresse, an der man all seinen Müll und seine Sorgen lagern konnte, und zum Dank erhielt man oft von mir noch einen guten Rat und viele aufbauende Worte.

Fabian ließ keinen Müll bei mir ab, er schien das Leben einfach zu genießen und dabei unglaublich viel an mich zu denken und entwickelte den Wunsch, das, was er in Südafrika erlebte, mit mir teilen zu wollen.

Ich hatte schon so lange Fernweh und hätte mir daher nichts Schöneres vorstellen können, als ihn in Südafrika zu besuchen.

Wie gesagt, es war nicht einfach, meine Eltern davon zu überzeugen, dass dies eine gute Idee sei, doch mittlerweile waren die Tickets gebucht und der Urlaub vom Hotel abgesegnet.

Fünf Monate waren inzwischen vergangen, seitdem Fabian und ich uns zum letzten Mal gesehen hatten, und es war so viel passiert. Ich glaube, ich hatte in dieser Zeit fast sieben weitere Kilos verloren. Er hatte von all dem Trubel um meine Magersucht nichts mitbekommen. Als ich damals nach dem Reitunfall aus dem Krankenhaus nach Hause kam, lag vor meiner Haustür ein riesiger Strauß roter Rosen von einem Blumenservice mit einer Karte, in der stand: *Ich liebe dich, dein Fabian.* „Du musst es ihm sagen“, hatte meine Mutter schon damals gesagt.

Ich konnte nicht. Am meisten hinderte mich daran seine eigene Vergangenheit. Es war noch nicht besonders lange her, dass seine Schwester über mehrere Monate hinweg im Krankenhaus am Tropf gelegen hatte aufgrund von Magersucht. Ich hatte große Angst, ihn deswegen zu verlieren, und hätte es ihm wahrscheinlich nicht einmal übel nehmen können, wenn er mir gesagt hätte, er könne das nicht noch einmal mitmachen. Ich wollte nicht, dass er mich in Südafrika mit den Bildern, die er von seiner magersüchtigen Schwester im Kopf hatte, verglich. Ich hatte seine Schwester in diesem Zustand nie kennengelernt, doch ich bildete mir ein, bestimmt noch lange nicht so dünn zu sein, wie sie es gewesen sein musste.

Meine Mutter versuchte, mir immer wieder ins Gewissen zu reden, dass Fabian sich vielleicht viele Hoffnungen machte, die ich ihm aufgrund meines Gewichtes nicht erfüllen könnte, wenn ich ihn besuchen käme, und dass er darauf vorbereitet werden müsse. Ich empfand das alles natürlich überhaupt nicht so kritisch und konnte mir nicht erklären, wovon sie sprach. Schließlich hatte ich keine plötzliche Behinderung, alles war für mich so wie immer.

Heute, wenn ich zurückblicke, kann ich gar nicht fassen, wie blind ich selber war, und bin wirklich erschrocken über meine lebensmüden Ideen. Meine eigene Wahrnehmung muss sich in dieser Zeit so unglaublich verschoben haben. Ich bildete mir sogar ein, dass mein Körper, je weniger Gewicht ich hatte, umso ausdauernder und strapazierbarer wurde (heute weiß ich allerdings, dass auch dieser Zustand nicht für die Ewigkeit anhalten sollte).

Ich machte mir um mein Wohlergehen auf der Reise keine Sorgen, die Worte meiner Mutter machten mir jedoch sehr wohl zu schaffen. Ich befand mich in einer Zwickmühle. Ich hatte Angst, Fabian zu verlieren, entweder schon von hier aus oder dann eben dort. Doch hielt ich meine Gewinnchancen für höher, wenn er alles erst vor Ort erfahren würde und nicht am Telefon. Dann würde er sehen, dass es gar nicht so schlimm war, und vor allem könnte ich ihm dann auch gleich beweisen, dass es sich dabei bestimmt nur wieder um eine kurze Phase handelte, schließlich hatte ich schon mehrere dünne Phasen hinter mir und mich immer wieder einigermaßen von selber berappelt.

Bis zu meinem Abflug waren jedoch noch mindestens zwei Wochen Zeit.

Ich wollte nicht zulassen, dass meine Eltern mir die Reise verbaten. Sie wussten nicht, was mir guttat und was nicht. Ich musste nach Südafrika, um mit Fabian zu reden. Ich hatte das Gefühl, das auf keinen Fall mehr aufschieben zu können. Zu lange hatte ich ihm etwas vorgespielt. Und ich hatte das ganz dringende Bedürfnis, alles hinter mir zu lassen, ich wollte einfach nur weg. In meiner Umgebung hielt ich es kaum noch aus. Keiner akzeptierte mich mehr, so wie ich war. Ich kam immer öfter in unangenehme Situationen, in denen ich mich und mein Verhalten vor anderen rechtfertigen musste. Ich sehnte mich sehr danach, mich einfach frei zu fühlen. Ich kontrollierte mich selber schon so stark, da war es fast unerträglich, auch noch das Gefühl zu haben, zusätzlich von anderen kontrolliert zu werden.

Ich konnte meine Eltern an diesem Abend überzeugen, ihre Entscheidung noch einmal zu überdenken, und versprach ihnen bereits am nächsten Tag, zusammen mit meiner Mutter einen Arzt aufzusuchen. Den Flug könnte ich schließlich immer noch stornieren, doch erst einmal sollte ein Facharzt seine Meinung darüber abgeben, wie riskant diese Reise wirklich für mich war.

Ich selber hatte mir eine Ärztin aus dem Fachbereich Ernährungsmedizin herausgesucht. Am Telefon sagte man mir, sie habe Erfahrungen mit dem Thema Essstörungen, und man gab mir sofort einen Termin. Ich fühlte mich ziemlich klein, zurückversetzt in meine Kindheit, als ich schließlich mit meiner Mutter im Wartezimmer saß.

Ich hatte nicht den Eindruck, als sei die Ärztin sehr erfahren. Als sie mich sah, bemitleidete sie mich fast. Sie sprach mit mir wie mit einem kleinen schwachen Mädchen, vielleicht wirkte ich auf sie so. Sie wog mich auf einer Uraltwaage. „Ohje, 39 Kilo bei einer Größe von 1,72 Metern sind wirklich sehr wenig", sagte sie mitleidig, „aber das bekommen wir schon wieder hin." Ich erzählte ihr von meinem anstrengenden Beruf und dass ich dadurch so wenig zum Essen kam. Sie fragte mich, was ich denn gerne äße, und zählte mir einige Gerichte auf, die ich mir doch einmal kochen könnte und die mir sehr guttun würden. Ich solle es doch am Anfang erst einmal mit leichter Kost versuchen. Mit Reis und Kartoffeln zum Beispiel.

Ich sagte ja schon, die Ärztin hatte keine echte Erfahrung mit Magersuchtspatienten, daher spielte ich das Spiel einfach mit, was hätte ich auch tun sollen. Schließlich war ich noch lange nicht so weit zu sagen: Jetzt hören Sie mal zu, was ich brauche, ist eine Therapie und ganz dringend Hilfe, denn alleine schaffe ich es nicht, wieder mit dem Essen anzufangen, und mit Reis und Kartoffeln schon gar nicht!

Ich verabredete mit ihr, jeden zweiten Tag zum Wiegen zu kommen, und ich versprach ihr, wieder mehr zu essen.

Jedes Mal, wenn ich kam, notierte sie sich, was ich in den letzten Tagen zu mir genommen hatte sowie mein aktuelles Gewicht. Ich freute mich, wenn sie sich freute, weil ich ihr erzählte, ich hätte nach langer Zeit zum ersten Mal wieder Reis gegessen. Beim nächsten Mal waren es dann Möhren und sogar schon ein Stückchen Fisch. Ich hatte immer gute Einfälle, schließlich sah ich ja immer, was es bei uns in der Hotelkantine alles Leckeres gab. Dass ich in Wirklichkeit nur in den Salatblättern rumstocherte oder drei-, viermal die Kaffeemaschine betätigte, blieb mein Geheimnis.

Solange ihre Waage zunehmend einige Gramm mehr anzeigte, war sie beruhigt und es ihr vielleicht auch egal oder nicht bewusst, dass das Körpergewicht auch viel in Verbindung mit dem Flüssigkeitshaushalt steht, also damit, wie viel man tagsüber bereits getrunken hatte.

Sie sah, dass ich von Tag zu Tag Fortschritte machte, und ich merkte jetzt erst, wie tief ich bereits gesunken war. Ich betrog nicht nur alle anderen, sondern am meisten mich selbst. Ich hatte auf einmal das Gefühl, dass es sehr schnell ging. Ich baute von Tag zu Tag kräftemäßig mehr ab und konnte es auch im Hotel kaum noch verbergen, wie schlecht es mir ging. Nachts bekam ich immer häufiger schlimmes Herzrasen. Oft musste ich aufstehen und das Licht anschalten vor Angst. Ich saß dann wach in meinem Bett und wartete, bis es vorbei war. Vielleicht lag es an den Unmengen Kaffee, die ich tagsüber zu mir nahm, wahrscheinlich aber eher an meinem viel zu niedrigen Körpergewicht.

Saft und Kaffee mit viel, am liebsten aufgeschäumter Milch und Zimt oben drauf wurden zu meinen Hauptnahrungsmitteln. Ich verbot mir immer mehr Lebensmittel. Am Anfang mied ich hauptsächlich warme Speisen, Warmes gab es nur noch zu ganz besonderen Anlässen. Dafür aß ich jedoch noch Brot und auch sehr gerne Kuchen. Irgendwann wurde auch das immer weniger. Ich ließ das Brot immer häufiger weg und aß nur noch den Belag, zum Beispiel sehr gerne Käse. Im Laufe der Zeit wurde mein Essen immer breiiger und grüner. Erst „durfte" ich noch Joghurt mit Obst und Müsli zu mir nehmen, mittags aß ich fast immer Salat, später dann Obst nur noch mit Joghurt ohne Müsli. Schließlich aß ich fast nur noch Obst und Salat – wenn überhaupt, meistens trank ich nur. Furchtbare Mengen an Saft oder Joghurtgetränken.

Ich erinnere mich noch, wie erschrocken mich Fabian einmal bei einem Spaziergang anschaute, als ich neben ihm in kürzester Zeit einen Liter Multivitaminsaft verdrückte. Ich glaube, er hätte auch gerne einen Schluck von mir abbekommen, doch wenn ich erst einmal ansetzte, blieb nicht mehr viel übrig.

Mein Stuhlgang wurde von Tag zu Tag flüssiger, und das raubte mir unheimlich viel Kraft und Zeit, häufig kam ich von der Toilette nicht so schnell wieder runter. Auch das fiel natürlich auf im Hotel und auch woanders. Viele dachten deswegen, glaube ich, oft, ich würde mich dort übergeben, aber das habe ich nie getan und wäre dazu auch nicht fähig gewesen. Ich habe es mal versucht, aber sehr schnell gemerkt, dass ich einfach nicht in der Lage bin, mich absichtlich zu übergeben, worüber ich heute auch ziemlich froh bin.

Es ist so verrückt: Ich habe natürlich irgendwann gemerkt, was ich da mit mir machte und dass es mir dadurch von Tag zu Tag schlechter ging. Ich habe mich geschämt, weil ich am Ende sogar zu schwach war, um Türen zu öffnen, und ich hatte Angst zu sterben, doch ich konnte trotzdem immer noch nicht damit aufhören, denn es fühlte sich einfach zu gut an, was ich da tat. Das durch das Hungern verursachte positive Gefühl in mir schien lange Zeit größer als alle Ängste und Sorgen zu sein. Ich genoss das Gefühl zu sehr, in dieser Sache perfekt zu sein, viel besser und ehrgeiziger als andere. Ich genoss das Gefühl der absoluten Leere in mir und in meinem Kopf. Wie soll ich es beschreiben? Es war ein Gefühl der Betäubung, was ich so sehr genoss. Es betäubte all meine Ängste, meine Sorgen und Gedanken in meinem Kopf. Je stärker ich hungerte, umso weniger spürte ich und umso weniger Gedanken musste ich mir um alles machen, was mich sonst so sehr plagte. Ich machte mir nur noch Gedanken um das Essen. Pausenlos beschäftigte ich mich mit der Frage, was und vor allem wie viel davon ich als Nächstes zu mir nehmen wollte.

Außerdem war ich zu diesem Zeitpunkt immer noch davon überzeugt, dass ich es selber wieder in den Griff bekommen und jederzeit wieder damit aufhören könnte, wenn ich es nur wollte. Doch noch wollte ich nicht, ich hatte mein Ziel noch nicht erreicht. Ich wollte einmal unter die 38 Kilo kommen, um zu spüren, wie es sich anfühlte.

Vor meinem Urlaub rief mich der Personalchef des Hotels zu sich, um ein Gespräch unter vier Augen mit mir zu führen. Er sagte, dass man sich im Hotel große Sorgen um mich mache. Er glaubte zu sehen, was mit mir los sei, und würde sich wünschen, dass ich den Monat Urlaub nutze, um mit neuen Kräften wieder zurückzukehren. Er bat mir sogar an, mich noch länger als einen Monat von meiner Ausbildung zu beurlauben, sollte ich die Zeit für mich brauchen. Ich war sehr gerührt über seine Worte und sein Verständnis, schließlich hatte ich so darum gekämpft, es im Hotel nicht zu zeigen. Denn Schwäche war hier fehl am Platz und brachte einem eine schlechte Punktzahl in der Bewertung ein. Wahrscheinlich hätte ich seine Worte viel ernster nehmen sollen. Doch all die Andeutungen von Menschen in meiner Umgebung konnten mich nicht wach rütteln. Ich versicherte ihm, dass ich nicht mehr Zeit bräuchte und dass mir der Urlaub bestimmt sehr guttun werde, schließlich hatte das ja auch meine Ärztin gesagt. Ich hätte, wie schon einmal erwähnt, zu diesem Zeitpunkt niemals gedacht, dass ich wirklich professionelle Hilfe benötigte, geschweige denn, dass ich diese Magersucht nicht auch allein wieder in den Griff bekäme.

Papa hatte, um Mama zu beruhigen, mit der Ärztin vor meiner Abreise telefoniert. Auch sie war der Meinung, der Urlaub werde mir guttun. Leider reichte ihm ihre Meinung nicht aus, er bestand darauf, vor meiner Abreise mit Fabian noch einige persönliche Worte zu wechseln. Er versprach mir, das Thema Magersucht dabei nicht zu erwähnen, wollte jedoch Fabian auf meine körperliche Verfassung vorbereiten.

Für Südafrika bekam ich Astronautennahrung verschrieben. Hochkalorische Getränke, die jeweils circa eine Mahlzeit ersetzten. Ich wusste, dass ich diese genauso wenig wie oder noch viel weniger gern als normale Nahrung zu mir nehmen würde. Schließlich ging es ja nicht darum, dass ich normales Essen nicht mochte oder nicht hätte zu mir nehmen können. Es waren ja gerade Kalorien das, was ich nicht wollte. Doch trotzdem füllte ich brav meinen Rucksack mit den Getränken.

In der Nacht vor meiner Abreise konnte ich wieder einmal nicht schlafen. Zu viel ging mir durch den Kopf. Eigentlich fühlte ich mich viel zu schlapp für so eine Reise, ich konnte ja nicht einmal den Rucksack alleine tragen. Ich machte mir Gedanken darüber, was wäre, wenn sich mein Zustand dort noch weiter verschlechterte. Vielleicht würde ich wirklich nicht mehr zurückkommen. Normalerweise machten mir diese Gedanken große Angst, doch nun, so kurz vor dem Wiedersehen mit Fabian, kehrte eine eigenartige Ruhe in mir ein. Es war nicht so, als sei es mir egal gewesen, dort in Südafrika zu sterben, nein, ich liebte das Leben, aber ich dachte einfach, wenn es so sein sollte, dann war es eh schon entschieden, und ich konnte es nicht mehr aufhalten.

3. Kapitel

Die Steinpalme – Nacherzählung einer afrikanischen Legende

An einem Spätnachmittag in einer fruchtbaren Oase erwacht Maarifa, der alte, weise Geschichtenerzähler aus seinem Mittagschlaf. Vom Meer her ist ein Wind aufgekommen, der die Hitze erträglich macht. Maarifa ist bereits von seinen Nachbarn umgeben, die ihn bitten, eine seiner wunderschönen Geschichten zu erzählen. Der alte Mann fühlt sich geschmeichelt, lächelt verlegen, macht sich auf zum Gehen und ruft über die Schulter: „Also gut, wir treffen uns heute Abend an der Steinpalme. Nein, ich verrate euch nicht, wo ihr sie findet, denn ihr könnt sie nicht verfehlen!"

Ehe die Dunkelheit jegliche Sicht verschlingt, haben sie den Baum gefunden. Sie steht etwas abseits von den anderen alten Palmen, die in ihrer schlanken Schönheit winkenden Prinzessinnen ähneln. Sie ist eine eigenartig geformte Palme. Gedrungen, mit einem starken Stamm und Fächern, die sich eher schwerfällig bewegen, und somit nichts von der Heiterkeit und Leichtigkeit der anderen Palmen ausstrahlen. Das Sonderbarste an ihr ist jedoch, dass sich ihre Blattfächer zur Mitte neigen und jedes Mal, wenn ein Windstoß die Fächer auseinanderweht, ein großer, rötlicher Stein im Herzen der mächtigen Palmenkrone zu erkennen ist.

Maarifas Nachbarn staunen über das, was sie sehen, und wollen wissen, was dies für eine besondere Palme sei, doch er bittet sie nur, sich hinzusetzen, entzündet ein Feuer in ihrer Mitte und beginnt mit seiner Geschichte.

„Es war einmal vor vielen Jahren, als die heute so mächtige Palme noch ein winziger Sprössling war und es hier noch keinen Brunnen, keine Häuser und nur wenige Palmen am Strand gab. Die junge Palme liebte das Meer und das Rauschen der Wellen. Sie lebte von dem, was sie aus dem Sandboden als Nahrung und vom Himmel an Feuchtigkeit erhielt. Dass hinter ihr die Wüste begann, wusste die kleine Palme, jedoch nicht, was es bedeutete, wasserlos und leer zu sein. Eines Tages kam ein Mann vorbei, der sich in der Wüste verlaufen hatte und kurz vor dem Verdursten war. Er hatte vergeblich nach Wasser gegraben und stand nun mit wunden, brennenden Händen vor dem weiten, salzigen Meer. Neben sich erblickte er das kleine Palmenbäumchen, das in hellem Grün und voller Hoffnung nur darauf wartete, mit der Zeit noch größer und stärker zu werden. Er wurde wütend und schrie zornig: „Warum hast du alles, was du zum Leben brauchst, bist jung und zufrieden, während ich hier verdurste? Wenn ich sterben soll, sei auch dir das Leben nicht gegönnt." Mit letzter Kraft griff er nach einem Stein, hob ihn in die Höhe und presste ihn mitten in das Kronenherz der jungen Palme. Auf das Geräusch von Knirschen und Brechen folgte eine entsetzliche Stille. Der Mann wurde wenig später von einer Karawane bewusstlos neben der kleinen Palme aufgefunden und gerettet.

Um den zerbrochenen Baum kümmerte sich jedoch niemand. Sein zartes Palmenherz war gequetscht, und die Last des Steines schien ihn fast zu begraben. Der zornige Mann hatte die kleine Palme nicht getötet, aber sie sehr schwer verletzt.

Die kleine Palme empfand anfangs unbeschreibliche Schmerzen, doch fast gleichzeitig überkam sie eine kleine

Welle der Kraft, die mit der Zeit immer größer wurde und den Schmerz allmählich verdrängte. Als diese Kraft schließlich mächtiger war als der Schmerz, versuchte die kleine Palme den Stein abzuschütteln.

Sie bat den Wind dabei um Hilfe, doch so sehr sich beide auch bemühten, es half alles nichts, der Stein bewegte sich nicht von der Stelle und blieb in der Krone, mitten auf dem Herzen des kleinen Baumes.

Die kleine Palme war verzweifelt und wollte aufgeben. Sie konnte nicht mehr und sah keinen Sinn darin, sich weiter aufzulehnen. Sie sah es als ihr Schicksal an zu vertrocknen, einzugehen und so früh zu sterben. Doch eine Stimme flüsterte ihr leise zu, sie solle noch nicht aufgeben. Nichts im Leben sei zu schwer, sie solle es nur versuchen.

Die kleine Palme fragte die Stimme entmutigt, was sie denn nur tun solle, nicht einmal der Wind hätte ihr helfen können, den Stein abzuwerfen, und allein würde sie es niemals schaffen. Sie bräuchte den Stein nicht abzuwerfen, sagte die Stimme eindringlich, sie müsse seine Last nur annehmen, dann würde sie ganz von selbst zu ungeahnten Kräften kommen.

Von nun an verschwendete die kleine Palme keine Kraft mehr daran, den Stein abzuschütteln, sondern begann ihn in die Mitte seiner Krone einzubetten. Ihre Wurzeln wurden zunehmend länger und kräftiger und somit auch der Halt im Boden, um die schwere Last zu tragen.

Eines Tages hatten sich schließlich die Wurzeln so tief in den Boden gesenkt, dass sie auf eine Wasserquelle trafen. Von nun an hatte die Palme nicht nur festen Halt in der Erde, sondern auch dauerhaft Nahrung. Sie wurde immer kräftiger und größer und begann breite Fächerzweige um den Stein herumzulegen, als wolle sie ihn umarmen.

Auch wenn die anderen Palmen am Strand graziöser und noch höher waren, wurde der Palmenbaum bald von allen Leuten die „Steinpalme“ genannt und war die Mächtigste unter ihnen.

Die Last des Steines hatte die Palme herausgefordert, gegen Angst und Unterdrückung zu kämpfen, und diesen Kampf hatte sie gewonnen.

Nur weil die Steinpalme ihre Last nicht mehr versucht hatte abzuwerfen, sondern sie angenommen und in sich eingebettet hatte, konnte sie über sich hinauswachsen. Somit liegt die Last nach wie vor auf ihrem Herzen, jedoch ist sie an eine Stelle gerückt, an der sie auszuhalten ist. Der Stein, die Last, wurde zu einem Teil von ihr, der sie zu einer ganz besonderen Palme machte, die sich von den anderen Palmen am Strand unterschied.“

Das Feuer ist bereits fast erloschen, als Maarifa die Geschichte mit diesen Worten beendet. Trotzdem bleiben seine Zuhörer noch einige Zeit sitzen und lassen die Geschichte schweigend auf sich wirken.

Nun saß ich also wirklich im Flugzeug. Das allererste Mal allein unterwegs auf dem Weg in ein so fernes Land. Ich war unglaublich aufgeregt und total in meine Gedanken vertieft, bis ich bemerkte, wie sich zwei Mädchen in der Sitzreihe neben mir lautstark über meinen schrecklich dünnen Körper unterhielten. Nie zuvor hatte ich es erlebt, dass jemand so abwertend mit dem Finger auf mich gezeigt hatte. Ich hatte das Gefühl, kaum noch Luft zu bekommen, ein Kloß in meinem Hals schwoll fast unerträglich groß an. Am liebsten hätte ich meinem Zorn Luft gemacht, aber ich konnte nicht, ich war sprachlos vor Traurigkeit.

Fabian wartete bereits auf mich. Die Nacht über im Flugzeug hatte ich kein Auge mehr zubekommen, denn ich fühlte mich schrecklich beobachtet. Zudem wuchs die Angst in mir vor der ersten Begegnung mit Fabian, nachdem ich heute zum ersten Mal so direkt mitbekommen hatte, wie Fremde meinen Körper sahen. Niemals zuvor hatte ich jemanden so über meinen Körper reden hören, und es hatte mich tief getroffen. Sicherlich hatten mich viele, vor allem in den letzten Monaten, wegen meines Gewichtes angesprochen, doch waren es niemals Fremde, nur enge Vertraute. Somit ging ich eigentlich immer davon aus, dass es auch nur Menschen auffiel, die mich häufiger sahen, wenn überhaupt. Natürlich war ich auch eine Meisterin im Kaschieren, ich kleidete mich ungern in hautengen Klamotten, lieber in etwas weiteren und versuchte, mich immer nett zurechtzumachen, schließlich wollte ich nicht krank aussehen und auch verhindern, deswegen angesprochen zu werden.

Zudem war in Deutschland Winter, die Zeit der dicken Klamotten. In Südafrika erwarteten mich der Sommer und die Bikini-Zeit. Daher machte ich mir nun große Sorgen, dass auch Fabian, der mich ja eine lange Zeit nicht gesehen hatte, wirklich einen großen Schreck bekommen würde und sich vielleicht sogar vor meinem Körper ekeln könnte. Denn genau so hatten die Gesichtsausdrücke der beiden Mädchen ausgesehen: als ob sie sich ekelten. Vielleicht hatte meine Mutter doch recht gehabt mit ihren Befürchtungen, die sie mir vor der Abreise noch geäußert hatte.

In seinen Augen konnte ich nichts erkennen. Keine Angst, keine Erschrockenheit, keinen Ekel. Nur Freudentränen, als er mich in die Arme schloss. Er schien keine Veränderung an meinem Körper festgestellt zu haben, oder er ließ es sich einfach nicht anmerken. Zumindest schien meine körperliche Veränderung seine Liebe nicht zu beeinträchtigen. Er schien einfach nur glücklich zu sein, mich fest an sich drücken zu können nach so einer langen Zeit. Dieser Augenblick sollte niemals zu Ende gehen. Ich wollte einfach nur festgehalten werden von ihm, es tat so unglaublich gut, von diesem großen, kräftigen Mann so gehalten zu werden. So lange hatte ich niemanden mehr so nah an mich herangelassen. Und ich merkte erst in diesem Augenblick, wie sehr mein Körper danach schrie, einmal wieder berührt zu werden. Ich hatte es anscheinend gar nicht bemerkt, dass ich gerade in den letzten Monaten immer weniger Körperkontakt zu den Menschen meiner Umgebung hatte. Ich hatte Angst vor ihren Bemerkungen und davor, mich rechtfertigen oder rausreden zu müssen, wenn sie spürten, wie dünn mein Körper war, und ich hatte Angst, dass sie mir wehtaten mit ihren Berührungen, auch wenn das natürlich niemand wollte.

Fabian hatte viel mit mir vor. Er hatte bereits große Pläne für unsere gemeinsamen vier Wochen und extra viel vorgearbeitet an der Uni, um nur für mich Zeit zu haben. Papas ernste Worte zu ihm am Telefon schienen also den großen Teich nicht überquert zu haben oder zumindest Fabians Pläne nicht zerstört zu haben, was mich sehr freute. Schließlich wollte ich bei Fabian nicht den Eindruck hinterlassen, nicht belastbar zu sein, oder gar langweilig wirken.

Vor uns lag also eine längere Tour, entlang der Garden Route von Cape Town bis nach Durban.

Rückblickend kann ich heute zum Glück sagen, dass wir wirklich eine traumhaft schöne Zeit zusammen in Südafrika verbracht haben, die allerdings gerade für Fabian doch auch mit hohem Stress und viel Angst um mich verbunden gewesen sein musste. Ich habe ihn damals nicht verstanden, da ich die Gefahr absolut nicht wahrnehmen konnte, doch heute wird mir bewusst, wie lebensmüde diese Aktion war und wie belastend für Fabian.

Leider, obwohl es eine so unglaublich eindrucksvolle Reise war, fehlen mir an diese Zeit sehr viele genaue Erinnerungen, und ich muss mich sehr anstrengen, um sie wieder hervorzurufen. Ich glaube wirklich, es lag an dem niedrigen Gewicht. Das Gehirn ist einfach nicht mehr richtig leistungsfähig, wenn der Körper so unterernährt ist.

Doch auch wenn diese Reise wahnsinnig riskant war, hat sie mir unheimlich viel gegeben, vor allem Mut zum Kämpfen, denn den hätte ich um ein Haar in Deutschland verloren.

In Südafrika habe ich wieder gelernt zu sehen, wie schön das Leben sein kann und wie viel ich von diesem schönen Leben noch vor mir haben kann, wenn ich es will. Ich selbst hatte es in der Hand und entschied mich auf dieser Reise für das Leben.

Ich wollte versuchen, den Stein, der auf meinem Herzen lag, zu verrücken, sodass er für mich tragbar werden und ich nicht eines Tages unter seiner Last zerbrechen würde. Doch es war so unglaublich hart, ganz allein gegen etwas anzukämpfen, was tief in mir verborgen lag, etwas, an das ich nicht rankam, wie die Steinpalme an den Stein. Etwas, was gegen mich kämpfte und gegen den Willen zu leben.

Durch Fabian war ich nun natürlich rund um die Uhr unter Kontrolle, wobei er sich wirklich bemühte, mich diese Kontrolle nicht spüren zu lassen. Doch natürlich fiel ihm das nicht immer leicht. Manchmal verlor er geradezu die Kontrolle über sich selbst, ich merkte, wie hilflos er sich fühlte an Tagen, an denen es besonders schlecht mit dem Essen bei mir lief. Um dieser Art von Konflikten aus dem Weg zu gehen, hatte ich es vorher immer vermieden, mit Freunden oder meiner Familie über mehrere Stunden oder Tage zusammen zu sein. Ich war gemeinschaftlichen Urlauben oder Wochenendtrips, all dem, was man in meinem Alter eigentlich sehr gerne tat, zuvor immer ausgewichen, denn so ein Versteckspielen hätte mich zu viel Kraft und Nerven gekostet und mir absolut keine Erholung gebracht.

Fabian hatte eine Waage gekauft, die uns auf unserer Reise, egal, wo wir waren, begleitete. Jeden zweiten Tag hatte er sich vorgenommen, mich zu wiegen, und setzte das auch durch. Auf der einen Seite hatte ich kein Problem damit, schließlich war ich es ja durch das Wiegen bei der Ärztin gewöhnt, und außerdem wog ich mich selbst auch jeden Tag, manchmal sogar zweimal. Doch ich war in der Zwickmühle, ebenso viel Angst davor zu haben, die Waage ansteigen zu sehen, wie Angst vor Fabians Reaktion, wenn sie weniger anzeigte. Ich wollte ihn auf keinen Fall beunruhigen, doch ich sah es ihm an, wie sehr es ihn beschäftigte, wenn ein Kilo fehlte. Er sagte dann immer, heute müsse ich mehr essen, und ich sagte natürlich, dass ich das tun würde. Meistens gab er sich mit diesem Versprechen zufrieden und beschäftigte sich nicht weiter mit dem Thema.

Was hätte er auch anderes tun sollen, er vertraute mir. Wie sollte er wissen, dass ich, auch wenn ich es noch so sehr gewollt hätte, dieses Versprechen niemals hätte halten können. Ich versuchte zu kämpfen – doch ich kämpfte für Fabian und leider noch lange nicht für mich!

Noch heute besitze ich ein kleines Büchlein, in dem Fabian in Südafrika heimlich Notizen gemacht hatte, über mein Gewicht und das Essen, das ich täglich zu mir nahm. Er gab es mir erst Jahre später. 41 Kilo notierte er am ersten Wiegetag. Morgens drei Erdbeeren, viel Saft. Mittags viel Wasser und Kaffee. Abends drei bis fünf Löffel seiner Kürbissuppe in einem vietnamesischen Restaurant.

An die Kürbissuppe erinnere ich mich bis heute, denn es war das erste Mal nach Wochen, vielleicht auch nach Monaten, dass ich wieder etwas Warmes zu essen zu mir nahm.

Ich kann bis heute nicht genau sagen, warum mir die warmen Speisen so besonders viel Angst machten. Nach warmem Essen fühlte ich mich immer besonders schlecht. Nicht, weil mir schlecht wurde von dem Essen oder weil ich es nicht vertrug, zumindest war es so nicht am Anfang. Erst viel später, als mein Magen schon völlig entwöhnt war, feste Nahrung aufzunehmen und zu verdauen, vertrug ich es anscheinend wirklich nicht mehr. Warmes Essen löste in mir einfach ein besonders schlechtes Gewissen aus, daher habe ich sehr lange keine normalen Portionen an warmen Speisen gegessen. Vielleicht war es die Angst, davon schneller zuzunehmen. Ich hatte das Gefühl, warmes Essen habe besonders viel Kalorien. Vielleicht lag es aber auch an dem für mich damals unerträglichem Völlegefühl, das ich besonders nach warmem Essen verspürte.

Ich glaube, es war von allem etwas. Auf jeden Fall war es nicht aus dem Grund, weil es mir nicht schmeckte. Eigentlich liebte ich warmes Essen, und vielleicht erschien es mir auch aus diesem Grund so gefährlich, weil ich Angst hatte, dem leckeren Essen nicht widerstehen zu können. Niemals hätte ich etwas auf dem Teller lassen können, viel zu schade und kostbar war mir das Essen. Da ich es aber wegen des mit jedem Bissen zunehmenden schlechten Gefühls auch niemals hätte aufessen können, befand ich mich in einem großen Konflikt: entweder alles aufzuessen und es danach zu bereuen und mich furchtbar schlecht zu fühlen – oder mich gar nicht erst der Versuchung auszusetzen, also nichts zu essen, zu hungern und mich so doch besser zu fühlen und ein besseres Gewissen zu haben als mit einem vollen Magen.

Essengehen war dadurch geradezu undenkbar für mich geworden. Wie unhöflich, auffällig und verschwenderisch wäre es, etwas zu bestellen und dann nur zwei Gabeln davon zu essen. Auch selber zu kochen lohnte sich für mich alleine nicht. Am liebsten kochte ich daher für alle anderen, nur nicht für mich selbst. Als Köchin hatte man immer eine gute Ausrede, durch das viele Abschmecken beim Kochen schon satt zu sein.

An jenen ersten Abend in Südafrika in dem vietnamesischen Restaurant erinnere ich mich nicht nur so gut wegen der köstlichen Suppe, die ich von Fabian probieren durfte, sondern auch, weil es eine so stressfreie Situation in Verbindung mit Essen und in Gesellschaft war, wie ich sie schon lange nicht mehr erlebt hatte. Ich bestellte nichts, nur einen frisch gepressten Orangensaft, und keiner schaute mich deswegen komisch an oder stellte unangenehme Fragen, die mich in absolute Panik versetzten aus Angst, mich und mein Geheimnis zu verraten. Fabian schien es absolut nicht zu stören, allein zu essen, er schien das Essen sogar für sich allein haben zu wollen, denn er bot mir auch nicht an, es zu probieren. Ganz von mir selbst aus bat ich ihn, mich die Suppe kosten zu lassen.

Sonst lief es immer anders. Ich hatte immer das Gefühl, die Leute wollten mir Essen aufdrängen, immerzu hielt irgendjemand mir etwas unter die Nase. Und ich ekelte mich so sehr vor angebissenen Broten und anderer Leute Gabeln oder Löffel.

Die Suppe schmeckte so lecker, doch mehr als vier Löffel konnte ich mir nicht erlauben, schon überkam mich das schlechte Gefühl, zu viel gegessen zu haben. Und je mehr ich gegessen hätte, umso länger hätte es gedauert, dieses Gefühl wieder loszuwerden. Loswerden konnte ich es nur, indem ich Sport machte oder indem ich schnell versuchte zu schlafen und hoffte, dass es am nächsten Morgen weg sein würde. In dieser Situation ging beides nicht, ich musste es also versuchen auszuhalten und versuchte, mich von der schönen Atmosphäre im Restaurant ablenken zu lassen.

Ich genoss es, die schönen Speisen anzusehen, die die Kellnerinnen zu den Tischen brachten, den anderen Menschen beim Essen zuzusehen und vor allem mit einer anderen Person, die gerade am Essen war, an einem Tisch zu sitzen und mich gemütlich zu unterhalten.

Fabian kann unglaublich viel essen. Er ist ein sehr großer Mann und hat wahrscheinlich daher ständig Hunger. Auf unserer Reise kochten wir sehr viel zusammen. Ich erinnere mich, dass es unglaublich wichtig für mich war, jeden Tag auf dieser Reise selber für uns oder vielmehr für Fabian zu kochen. Es war fast schon zwanghaft wichtig für mich. Vielleicht war es die Möglichkeit, beim Kochen all die besonderen und anderen Lebensmittel und Gewürze, die es hier gab, auch wenn ich sie nicht essen konnte, trotzdem kennen und riechen zu lernen. Ich wollte das alles nicht verpassen.

Wir wählten daher unsere Unterkünfte häufig danach aus, ob es eine Kochmöglichkeit gab oder nicht. Da wir ja keinen Kühlschrank hatten und jeden Tag weiterreisten und die Lebensmittel im Auto schlecht geworden wären, gingen wir fast täglich einkaufen. Diese Touren durch die meist riesigen Shoppingcenter endeten häufig in einem Streit zwischen Fabian und mir. Ich weiß nicht, wann ich das letzte Mal in Deutschland Lebensmittel einkaufen war, es musste ewig her gewesen sein. Daher war ich hier nun vollkommen überfordert aufgrund der Riesenauswahl von Lebensmitteln, die sich uns bot. Ich hätte mir am liebsten alles ganz genau angesehen, ich wollte mich sattsehen an all den Köstlichkeiten. Zudem war es absolut unmöglich für mich, bei solch einer Auswahl zu entscheiden, was wir benötigten und was wir kaufen sollten. Doch ich wollte mir auch nicht helfen lassen von Fabian, was ihn wiederum rasend machte. Ich weiß auch nicht, warum ich unbedingt aussuchen wollte, was wir zum Kochen benötigten, schließlich aß ich am Ende sowieso nur einige Bissen davon. Ich wusste das natürlich schon vorher, doch Fabian ging immer davon aus, dass es für uns beide sei, und ich wollte ihn nicht enttäuschen.

Es herrschte eine eisige Kälte in den mit Klimaanlagen betriebenen Supermärkten in Südafrika. So irrte ich meist vollkommen planlos, trotz dickem Wollpullover, mit blauen Lippen und klappernden Zähnen stundenlang zwischen den Regalen umher, bis Fabian schließlich ausrastete. Er konnte mein merkwürdiges Verhalten natürlich nicht nachvollziehen, vielleicht machte ich ihm sogar Angst mit meiner apathischen Art. Doch da ich damals selber nicht verstand, was in mir vorging, konnte ich ihm auch nicht die Gründe für mein Verhalten erklären.

Rückblickend macht es mich immer wieder traurig, wenn ich daran denke, wie sehr ich mich selbst auf dieser Reise eingeschränkt habe und wie viele Eindrücke mir dadurch verborgen geblieben sein müssen. Doch damals sah ich es keineswegs so. Das Zubereiten der fremden Speisen befriedigte mein Bedürfnis vollkommen und ließ mich die Geschmäcker erahnen, ich brauchte sie nicht noch zu essen.

Doch ohne oder mit nur wenig Nahrung fehlte mir natürlich auch die Kraft, die ich eigentlich für so eine erlebnisreiche Reise gebraucht hätte. Ich hatte einen so kräftigen Mann an meiner Seite, dessen Energie ich absolut nicht teilen konnte. Ich war unglaublich schnell müde und schlapp, und mir war ständig kalt, obwohl dort im Dezember Hochsommer war. Zum Glück sollte dies für mich nicht das letzte Mal in Südafrika gewesen sein.

Trotzdem hatte mir die Reise rundum gutgetan. Ich hatte Gewissheit darüber, einen treuen Mann an meiner Seite gefunden zu haben, dem unsere Beziehung viel zu bedeuten schien. Er hatte sein Versprechen, mein Mann zu sein, das er mir damals bei seiner Abreise nach Südafrika gegeben hatte, gehalten. Ich hatte einen Menschen gefunden, der mich so liebte, wie ich war.

Obwohl die Reise teilweise sehr anstrengend für mich war, hatte ich in diesem Monat ein Kilo zugenommen und kehrte so mit einem Gewicht von 42 Kilo nach Deutschland zurück. Natürlich machte es mich glücklich, dass ich gesund geblieben war auf der Reise und mir nichts Schlimmeres passiert war aufgrund meines niedrigen Gewichtes. Doch es fiel mir unglaublich schwer, das eine Kilogramm mehr Gewicht auf der Waage zu akzeptieren oder mich darüber zu freuen, denn nun war mein Ziel, es unter 38 Kilo zu schaffen, wieder weiter in die Ferne gerückt.

Viel eher war es für mich ein Zeichen von Schwäche und Undisziplinierheit in den letzten vier Wochen. Ich war eingeknickt in meinen Prinzipien. Weihnachten hatte ich mir sogar erlaubt, in einem Restaurant ein eigenes Gericht zu bestellen, und viel zu viel davon gegessen. Außerdem war auch der Sport viel zu kurz gekommen in den letzten vier Wochen. Ich war in Südafrika kein einziges Mal laufen, nur ab und zu mal schwimmen. Fabian wollte mich für das Wellenreiten begeistern, aber dazu fehlte mir einfach die Kraft. Die Wellen waren viel zu stark und das Wasser zu kalt. Ich hatte es einige Male versucht, denn ich sah ihm an, wie groß sein Wunsch war, diesen Sport mit mir zu teilen. Er sah meine Verzweiflung, während ich gegen die Wellen ankämpfte. Ich kämpfte mit den Tränen, ich wollte ihn nicht enttäuschen, so gerne hätte ich ihm seinen Traum, eine Surferfreundin zu haben, erfüllt.

Die 40-Kilo-Grenze wollte ich eigentlich nicht überschreiten, auch wenn andere mir ständig sagten, wie gut es mir tun würde. Es tat mir absolut nicht gut, das spürte ich jetzt und hatte es immer gewusst. Es quälte mich, und ich zerbrach mir den Kopf darüber, wie ich das Gewicht in Deutschland am schnellsten wieder loswerden konnte, um mein Wohlfühlgewicht wieder zu erreichen. So lange hatte ich dafür gekämpft, endlich die bösen Zahlen hinter der 40 von meiner Waage zu verbannen, nun waren sie wieder da und machten mir Angst.

Aufgetankt mit viel Sonne, Liebe und Erinnerungen an eine einzigartige Zeit mit einem wundervollen Mann kehrte ich nach Deutschland zurück.

Wieder fiel mir der Abschied um einiges leichter als Fabian. Dicke Tränen liefen ihm über das Gesicht, als wir Arm in Arm am Flughafen standen. Es fiel ihm so schwer, mich loszulassen. Ich dagegen war mit meinen Gedanken schon bei meinen neuen Plänen und Vorsätzen. Auch sah ich der Zeit entgegen, in der ich wieder freier, allein und unkontrolliert sein würde, um meinem Ziel, wieder abzunehmen, besser nachkommen zu können.

Trotzdem fehlten mir Fabian und seine starke Schulter zum Anlehnen sehr.

Bis heute weiß ich nicht, ob er es tat, weil seine Sehnsucht so groß war, oder ob er spürte, dass ich ihn brauchte. Er verkürzte seinen Aufenthalt um einen Monat und kam somit nur wenige Zeit nach mir zurück nach Hause.

4. Kapitel

40 Kilo – genug zum Leben

Die schönen Seiten des Lebens waren mir in den letzten Wochen mit Fabian wieder viel stärker ins Bewusstsein getreten. Es war nie so gewesen, dass ich keine Freude am Leben hatte oder keinen Sinn darin sah, doch hatten mich die letzten vier Wochen zumindest teilweise von den Gedanken abgelenkt, um die sich in meinem Alltag normalerweise jede einzelne Minute drehte. Ich verfolgte in meinem Leben für eine kurze Zeit wieder mehrere Ziele und nicht mehr nur das Abnehmen und Hungern.

Diese kurze Phase der gedanklichen Entspannung um das Thema der Nahrungsaufnahme hatte mir so unglaublich gutgetan, und ich bemerkte nun, zurück zu Hause, wie mich mein eigentlicher alter Lebensschwerpunkt von Tag zu Tag wieder mehr beherrschte, mich einnahm und stresste.

Ich hatte die letzten vier Wochen kaum Sport gemacht und es tatsächlich irgendwie ausgehalten, auch wenn es nicht einfach war. Zu Hause war dieser Zwang nun nicht mehr zu ignorieren, und somit verfiel ich ganz schnell wieder dem alten Trott. Ich arbeitete täglich viele Stunden im Hotel, vor oder nach der Arbeit versuchte ich zu reiten, zum Schwimmtraining zu gehen oder zu laufen. Wenn ich alles an einem Tag schaffte, war es ein sehr guter Tag, ich fühlte mich gut und konnte ohne ein schlechtes Gewissen einschlafen.

Es gab absolut keine Lücken in meinen Tagesabläufen. Ich nutzte jede freie Minute. Wenn ich nicht arbeitete, machte ich Sport, wenn ich keinen Sport machte, ging ich zum Chor oder traf mich mit Freunden. Ich hatte immer etwas zu tun und kam nie zur Ruhe. Selbst wenn ich zu Hause war, auf dem Land, wo ich eigentlich viel Ruhe hätte finden können, gönnte ich mir keine stille Minute. Ich war wie von etwas getrieben. Ich kannte keine Langeweile oder entspannten Stunden vor dem Fernseher. Keine Ahnung, wo ich immerzu die ganze Energie hernahm. Ich brauchte kaum Schlaf und war wie ein Wirbelwind, mit unzähligen Ideen, Interessen, Plänen und am allerliebsten mittendrin im Geschehen. Ich war kein Mensch, der sich gern zurückzog oder gern allein war, vielleicht weil ich in mir drinnen und mit mir selbst so allein war, mit all den schrecklichen Gedanken, die mich immerzu quälten, die ich niemals mit jemandem teilte.

Fabian war der absolute Gegensatz zu mir. Er hatte damals bereits eine kleine Wohnung, und in der hielt er sich sehr gerne auch allein auf. Er hatte viele Interessen, machte auch gerne Sport und traf sich mit Freunden, doch er liebte es auch einfach, zu Hause zu sein, sich zu entspannen, zu lesen, Musik zu hören und vor allem zu kochen.

Er brachte einen Ruhepol in mein Leben, bei ihm zu Hause war es wie auf einer kleinen idyllischen Insel. Bei ihm klingelte nicht ständig das Telefon, und auch sein Terminkalender war längst nicht so voll wie meiner. Wenn er überhaupt einen hatte.

Lange Zeit hatte ich kaum jemandem von meiner Beziehung zu Fabian erzählt, nicht weil ich es geheim halten wollte, sondern weil ich einfach die Stille und Zeit ganz allein mit ihm genießen und nicht wie den Rest meines Lebens mit anderen teilen wollte. Bei ihm kam ich zur

Ruhe. Wir führten stundenlange Gespräche, gingen kilometerweit spazieren oder kochten zusammen. Dass ich nur wenig aß, spielte dabei kaum eine Rolle.

Mein Gewicht hielt sich in dieser Zeit relativ konstant zwischen 41 und 42 Kilo. Zum Zunehmen zwang mich keine Ärztin mehr, denn ich beschloss, nicht mehr zu ihr zu gehen, erzählte dies zu Hause aber natürlich nicht. Ich bildete mir ein, die Ärztin nicht mehr zu brauchen, und empfand dies nur als Zeitverschwendung.

Ich hatte mir und vor allem Fabian ein Versprechen gegeben, mit meinem Gewicht nicht mehr unter 40 Kilo zu sinken, und das reichte mir zunächst völlig aus. Ich hatte selbst große Angst vor dem Tod und davor, noch einmal so tief zu sinken wie im Krankenhaus vor Südafrika, doch zu einer weiteren Gewichtszunahme war ich zu diesem Zeitpunkt nicht bereit.

Der Drang, es unter 40 Kilo zu schaffen, war natürlich nicht von heute auf morgen verschwunden, er war nach wie vor da, doch glücklicherweise war mein Verstand größer, der mir sagte: Unter dieser Grenze kann es passieren, dass mein Herz aufhört zu schlagen, und ich würde alles verlieren, was ich liebte, auch Fabian. Außerdem konnte ich einfach nicht vergessen, wie kraftlos und müde ich mich gefühlt hatte mit 39 kg. Damals hätte ich mich am liebsten wie ein kleines Tier irgendwo verkrochen, mich eingerollt, um einzuschlafen und nie wieder aufzuwachen. So hoffnungslos und allein hatte ich mich gefühlt, verlassen von jeder Chance und Idee, aus dieser Situation wieder rauszukommen.

Zusammen mit Fabian hatte ich wieder Hoffnung gefunden und bildete mir ein, mit dem Gewicht, das ich jetzt hatte, ja eigentlich schon fast wieder normal zu sein. Zumindest fühlte ich mich nicht mehr so schwach und somit auch nicht eingeschränkt.

Vielleicht lässt sich diese erste Einsicht, nicht mehr unter 40 Kilo zu rutschen, als meinen ersten kleiner Schritt in ein besseres, lebenswerteres Leben bezeichnen.

Bei der Hilfe, die ich damals zum allerersten Mal in Anspruch nahm, ging es trotzdem nicht um mich, sondern darum, meine Familie und mein Umfeld zu beruhigen.

Ich war viel zu sehr davon überzeugt, alles selbst in der Hand zu haben. Zudem wollte ich eigentlich an meinem Gewicht nicht noch mehr ändern, und daher brauchte ich auch keine Hilfe.

Ich machte mir damals absolut keine Gedanken darüber, worin die Gründe für mein unersättliches Bedürfnis zu hungern lagen. Wahrscheinlich, weil ich es einfach nicht anders kannte. Dieses Bedürfnis war einfach schon viel zu lange da, es war zu einer so starken Gewohnheit geworden, es gehörte zu mir und machte mein Leben so anders, so einzigartig. Ich wollte diesen besonderen Teil von mir nicht verlieren. Ich konnte mir nicht vorstellen, wer ich ohne diese Eigenschaft sein sollte, ich definierte mich quasi über das Hungern.

Hunger war mein Charakter, meine Persönlichkeit, Hungern war etwas, worin ich richtig gut war, besser als alle um mich herum. Hunger gehörte zu mir und nur mir, in diesen Bereich durfte sich keiner einmischen. Der Hunger half mir über so vieles hinweg und machte mich zu der starken Person, die ich war. Er betäubte meine Sorgen und Ängste, ich konnte mir einfach nicht vorstellen, ohne ihn zu leben, denn schließlich drehte sich mein Leben um ihn.

Alles andere lief nur nebenher und musste eben erledigt und gemacht werden.

Natürlich hatte ich trotzdem viel vor und noch Träume und Ziele, aber das alles füllte mich nicht aus, ich brauchte den Hunger. Abnehmen war mein größtes Ziel und das einzige, das ich so richtig verfolgte. Darein steckte ich meine ganze Energie. Doch das hätte natürlich niemals jemand verstanden. Ich brauchte den Hunger, um nicht allein zu sein – aber wie hätte ich das jemandem erklären sollen? Keiner hätte verstanden, warum ich mich so allein fühlte. Ich wusste selber nicht, wo dieses Gefühl herkam, aber ich weiß, dass ich mich schon als Kind oft sehr einsam gefühlt hatte. Ich hatte immer viele Freunde und eine große Familie, von denen ich geliebt wurde, doch ich fühlte mich ständig allein. Ich hatte sogar das Gefühl, je älter ich wurde, umso stärker wurde dieses Gefühl.

Es ist total verrückt, aber besonders einsam fühlte ich mich immer an meinen Geburtstagen. Obwohl immer so viele Menschen an mich dachten an diesem Tag, mich anriefen, mir Karten schrieben oder mich besuchten. Das Haus konnte voll mit Gästen für mich sein, und doch fühlte ich mich allein. Allein und isoliert mit all dem, was mich innerlich so beschäftigte. Ich fühlte mich so anders als die anderen, so oft nicht verstanden und nicht gehört.

Solange ich das Gefühl des Alleinseins in mir trug, hätte ich nicht gewusst, wie ich hätte aufhören sollen zu hungern. Vielleicht weil es meine einzige Möglichkeit war, nach Hilfe zu schreien. Doch selbst wenn mich jemand gehört hätte, hätte es mir wahrscheinlich nichts geholfen, denn ich hätte von niemandem Hilfe annehmen können. Ich hätte es als zu selbstsüchtig empfunden.

Meine Mutter meinte, wir müssten alle zusammen eine Familientherapie machen, damit ich wieder gesund werden würde. Ich hatte eigentlich keine Kraft dazu – weder zu diskutieren noch Kritik zu äußern oder zu empfangen –, doch ich ließ mich dazu überreden, denn ich wollte und konnte dieses Gefühl des Alleinseins nicht länger ertragen und hatte Hoffnung, dass auch mir diese Art von Therapie in dieser Hinsicht, ganz unabhängig von meinem Gewicht, guttun würde. Aber in erster Linie tat ich es wiederum nicht für mich, sondern um meine Familie zu beruhigen.

Leider half mir diese Therapie kein Stück aus meiner Situation heraus. Ich glaube, keinem von uns half sie, und keiner von uns ging gerne dorthin. Wahrscheinlich war es deswegen jedes Mal unglaublich schwer, einen gemeinsamen Termin zu finden. Es herrschte immer eine unglaublich bedrückende Stimmung, und in meinem Hals steckte dieser schmerzende Kloß, der verhinderte, dass auch nur ein Wort von mir entweichen konnte. Es war eine so unglaubliche Belastung für mich zu wissen, dass alle hier waren, weil ich ein Problem hatte, und sich somit alle an diesem Ort unwohl fühlten, und das nur meinetwegen!

Meine kleine Schwester war damals noch zu jung und musste daher zum Glück nicht an den Sitzungen teilnehmen. Wahrscheinlich hätte sie von dieser schrecklichen Stimmung auch nur ein Trauma davongetragen.

Wir waren eigentlich dort, um den Grund dafür zu suchen, warum ich nicht mehr essen konnte oder wollte, doch dieser Frage gingen wir dann in den Sitzungen kaum nach. Stattdessen kam es zu gegenseitigen Schuldzuweisungen zwischen meiner Mutter und meinem Stiefvater. Ich fand es schrecklich, wie sie sich aufgrund meines

Problems stritten, und fühlte mich dadurch jedes Mal noch schlechter als vorher, nicht verstanden und nach wie vor allein. Irgendwie ging es in dieser Therapie gar nicht um mich, viel eher um etwas, was zwischen meiner Mutter und meinem Papa lag.

Ich weiß nicht, ob wir überhaupt zehn Sitzungen zusammenbekamen oder schon vorher abbrachen, weil mein Papa absolut nicht zurechtkam mit dem auch in meinen Augen sehr merkwürdigen Therapeuten. Das Ganze endete also beinahe ohne Ergebnis. Ein kleiner Erfolg lag aus Sicht meiner Eltern darin, dass der Therapeut es zumindest geschafft hatte, mir deutlich zu machen, in welch einer lebensbedrohlichen Situation ich mich aufgrund meines körperlichen Zustands nach wie vor befand, sodass ich mich bereit erklärte, mit einer Einzeltherapie fortzufahren, um eine Einweisung in eine Klinik zu verhindern.

Auf keinen Fall wollte ich in eine Klinik, um mich behandeln zu lassen. Ich hatte große Angst davor, was andere dann wohl von mir denken würden. Sie würden mich als psychisch krank abstempeln, und das war ich nicht. Sie würden vollkommen falsch von mir denken, und dieses Stigma wäre ich bestimmt niemals wieder losgeworden. Es war mir schon unangenehm genug vor anderen, dass ich eine ambulante Therapie machte, und ich versuchte es daher, so gut es ging, zu verheimlichen. Wie hätte ich jedoch eine stationäre Behandlung verheimlichen sollen? Auch hätte ich Fabian das niemals antun wollen. Welcher Mann will schon eine Freundin haben, die psychisch krank ist und in einer Klinik ist.

Zudem ging es mir wirklich nicht so schlecht, wie meine Eltern es behaupteten, niemals hätte ich dafür anderen einen Platz in einer Klinik wegnehmen wollen, die ihn wirklich gebraucht hätten. Ich fühlte mich nicht krank, nur manchmal etwas geschwächt, und ich war mir nach wie vor ganz sicher, es selbst zu schaffen, wieder zu Kräften zu kommen. Ich hatte es schließlich immer wieder selbst geschafft. Eine Klinik, so dachte ich, war nur etwas für schwache Menschen, und dazu gehörte ich nicht.

Ich begann also mit einer Einzeltherapie, einmal wöchentlich, manchmal auch nur alle zwei Wochen. Doch auch diesmal war ich wieder an jemanden geraten, der mit Essstörungen zu wenig Erfahrung hatte. Es wäre trotzdem ungerecht zu sagen, die Therapie habe mir gar nichts gebracht. Es war eine weitere Stunde Ruhe in meinem Leben, die mir sehr half, mich zu entspannen.

Vielleicht stimmten auch einfach die Voraussetzungen nicht für diese Art von Therapie, denn ich bekam sie sozusagen geschenkt, da ich wohl eher ein Versuchskaninchen für die Therapeutin war, die Erfahrungen sammeln wollte im Bereich Essstörungen. Ich wollte sie nicht enttäuschen und ihre Methode der Heilung auf jeden Fall als sehr wirksam wiedergeben. In Wirklichkeit konnte ich jedoch nur wenig mit ihren Hypnoseübungen anfangen und spürte absolut keine Veränderung.

Vielleicht war es auch ihre Einstellung zu dieser Krankheit, die mir absolut entgegenkam und mich sozusagen noch positiv verstärkte. Sie fand, es werde zu viel Trubel um das Thema Magersucht gemacht, und war der Meinung, ich würde absolut nicht zu diesen Mädchen gehören, da ich ja selbst auf dem besten Wege sei und wieder gesund werden wolle.

Eher sah sie das Problem in meiner Familie und meinem Umfeld, die eine sogenannte Co-Abhängigkeit entwickelt hatten und nun nicht mehr von meiner Magersucht loslassen wollten, obwohl ich schon längst fast gesund sei, mit 42 Kilo!!

Die Gespräche mit der Frau waren sehr schön, sie war mir äußerst sympathisch, doch leider durchschaute auch sie nicht meine Lügen, wenn es um die Fortschritte beim Essen ging. Nach zehn Sitzungen hörten wir auf. Weitere Sitzungen hätten mich viel Geld gekostet.

Um mit einer anderen Therapie fortzufahren, fehlte die Zeit. Ich stand kurz vor dem Abschluss meiner Hotelfachprüfung und hatte neben der Arbeit sehr viel dafür zu lernen. Außerdem schmiedete ich mit Fabian bereits Pläne für die Zeit nach der Ausbildung.

Es ist mir bis heute ein Rätsel, wie ich es geschafft habe, die Ausbildung so gut abzuschließen. Es fiel mir so schwer, dafür zu lernen. Ich konnte mich so schlecht konzentrieren und hatte das Gefühl, mir nichts merken zu können.

Diese Zeit zerrte stark an meinen Kräften, und vor der letzten Prüfung bekam ich auch noch hohes Fieber, doch schließlich ging alles gut, und ich war äußerst froh, diesen Abschnitt meines Lebens so gut gemeistert zu haben. Nie wieder lernen, dachte ich!

Das Hotel, in dem ich meine Ausbildung gemacht hatte, bot mir an zu bleiben, doch ich wollte weit weg. Ich empfand mein Leben in Deutschland als unglaublich anstrengend. Es gab so vieles, was mich belastete, doch wusste ich nicht, wie ich die Belastungen hätte reduzieren können. Mir war außerdem klar, dass sich das Umfeld, in dem ich lebte, niemals ändern würde, und ich hätte mir auch niemals das Recht herausgenommen, diesen Anspruch an mein Umfeld zu stellen. Ich wusste jedoch zu diesem Zeitpunkt auch, dass ich, so wie ich lebte, nicht weiterleben konnte und wollte. Die Einzige, die also etwas an ihrem Leben ändern konnte, war ich selbst, doch dazu fehlte mir die Kraft. Ich wollte ein anderes Leben, eins, indem es mir besser ging. Warum es mir in dem jetzigen Leben, in meinem gewohnten Umfeld nicht gut ging, wusste ich nicht genau und hätte diese Frage, wenn man sie mir gestellt hätte, auch nicht beantworten können. Man sah es mir jedoch an, und ich konnte, wenn ich es selbst auch nicht sehen konnte, immer mehr spüren, dass etwas mit mir nicht stimmte. Dass ich krank war, sah ich nicht, deswegen war ich auch immer noch nicht davon überzeugt oder hätte mir eingestanden, dass mir eine Therapie helfen würde und könnte. Ich hatte es schließlich bereits probiert, ohne Erfolg.

Ich wollte, dass es mir endlich wieder besser ging, und glaubte auch fest daran, dies aus eigener Kraft zu schaffen. Im Gegensatz zu allen anderen glaubte Fabian auch fest daran, dass ich mein Leben und das Problem mit dem Essen selbst wieder in den Griff bekommen würde. Vielleicht brauchte ich dazu nur eine kleine Auszeit.

Ich war mittlerweile an einem Punkt angelangt, an dem es mir körperlich so schlecht ging und ich mich so geschwächt fühlte, dass ich selbst gerne zugenommen hätte, doch einfach nicht wusste, wie ich es angehen sollte. Wenn ich aß, fühlte ich mich schrecklich schlecht, und wenn ich nicht aß, fühlte ich mich schrecklich elend und schwach. Es schien so ausweglos zu sein, und alles, was ich noch lange Zeit meinte unter eigener Kontrolle zu haben, schien mir zu entgleiten.

Außerdem wollte ich wenn, dann nur für mich selbst zunehmen und nicht für all die anderen, die es ständig von mir verlangten, weil es ihnen so schlecht dabei ging, mich so zu sehen. Ich empfand es als so ungerecht, dass es meinem Umfeld wieder besser gehen würde, wenn ich zunähme, aber sich niemand dafür zu interessieren schien, welche Qualen ich dabei erlitt.

Auch hatte ich große Angst vor den Reaktionen in meinem Umfeld, wenn ich tatsächlich zunehmen würde. Am allerwenigsten würde es mir helfen, wenn mich jemand direkt darauf anspräche. Es wäre schrecklich für mich, so etwas zu hören, und wahrscheinlich würde ich sofort wieder versuchen, abzunehmen. Ich konnte es zu dieser Zeit nicht einmal ertragen, wenn jemand den einfachen Satz zu mir sagte: „Du siehst heute gut aus!“ Für mich bedeutete gut: wohlgenährt, besser als sonst, also dicker als sonst, was mich sofort dazu veranlasste, mich dafür selbst zu bestrafen und in Zukunft weniger zu essen.

Den einzigen Ausweg sah ich also darin, für einige Zeit wegzugehen, an einen Ort, an dem mich keiner kannte und wo keiner von meinem Problem wusste. Dort wollte ich versuchen, einfach neu anzufangen. Von diesem neuen Ort versprach ich mir die Chance, nicht mehr in der Rolle der magersüchtigen Julia zu stecken, die ich zu Hause schon immer war und aus der ich einfach nicht mehr rauskam.

5. Kapitel

„Auf der anderen Seite der Mauer wirkt das Gras immer grüner!"
(Ghanaisches Sprichwort)

Bereits in Südafrika hatte Fabian mir von seinen Brasilienplänen erzählt. Er hatte vor, dort ein Praktikum während seines Studiums zu machen. Der Zeitpunkt schien perfekt zu sein. Ich hatte meine Ausbildung abgeschlossen und hätte mir nichts Besseres vorstellen können, als ihn zu begleiten.

Eigentlich war schon lange klar, dass wir diesen Weg gemeinsam gehen wollten. Nach Südafrika hatten wir uns versprochen, nie wieder so lange voneinander getrennt zu sein.

Ich war so glücklich, einen Mann und Freund gefunden zu haben, der genauso Fernweh hatte wie ich und genau so interessiert daran war, neue Länder und Kulturen kennenzulernen. Und so schmiedeten wir gemeinsam große Pläne.

Ein großer Traum von mir war es für einige Zeit, Entwicklungshilfe in einem bedürftigen Land zu leisten, doch schien es mir geradezu unmöglich, mir diesen Wunsch allein zu verwirklichen. Ohne die jeweilige Landessprache zu sprechen und ohne einen Beruf wie Ärztin oder Krankenschwester, hatte ich meiner Meinung nach schlechte Chancen. Doch ich wollte diesen Traum nicht verwerfen, solange ich es nicht wenigstens probiert hatte.

Nun hatte Fabian seinen Praktikumsplatz in Brasilien sicher, doch ich hatte die letzten Wochen vor unserer

Abreise, auch aufgrund akuten Zeitmangels wegen der Prüfungen, nicht viel erreicht. Somit hatte ich außer meinen gepackten Sachen nicht viel in der Hand, als es schließlich wirklich losgehen sollte. Viele fanden es, glaube ich, naiv von mir, einfach so, ohne konkrete Pläne und Ziele, mit Fabian mitzureisen. Doch ich sah es ganz anders, ich hatte so viel vor. Ich wollte mir ein besseres Leben schaffen und meinen Traum verwirklichen. Ich war mir so sicher, eine tolle Aufgabe zu finden. Und ich dachte mir, wenn alle Stricke reißen, dann könnte ich immer noch in den Hotelbetrieb zurückgehen, Hotels gab es schließlich auf der ganzen Welt.

Meinen Tagebucheinträgen der ersten zwei Wochen in Brasilien ist jedoch zu entnehmen, dass die Zuversicht und Euphorie, die ich aus Deutschland mitgebracht hatte, nicht lange anhielt. Ich hatte mir alles so viel einfacher vorgestellt, als es in Wirklichkeit war.

Fabian trat seinen Job sofort, einen Tag nach unserer Ankunft, an, und nun saß ich jeden Tag zehn Stunden ganz allein in unserer dunklen, riesigen, fast leeren Wohnung in einer absolut fremden Stadt und wusste nichts mit meiner Zeit anzufangen.

Es gab ein großes Problem, das ich vorher nicht bedacht hatte: Obwohl wir in einer Großstadt waren, sprach dort kaum ein Mensch Englisch, und ich sprach kein einziges Wort Portugiesisch, was mir schon allein beim Einkaufen zum Verhängnis wurde. Ich musste mich wirklich zusammenreißen, um nicht in Panik zu geraten und den nächsten Flieger zurück nach Deutschland zu nehmen. Also versuchte ich, mich abzulenken, indem ich an der Verschönerung unserer Wohnung arbeitete und unseren

Stadtteil erkundete. Ich schaute nach Möglichkeiten zum Einkaufen und fand dabei sogar einen Sportklub mit einem Schwimmbad, bei dem ich mich am liebsten sofort angemeldet hätte, dazu musste ich jedoch auf Fabian warten, denn auf Englisch verstand mich auch dort keiner.

Ich freute mich so sehr auf das erste Wochenende mit Fabian, darauf, gemeinsam mit ihm die Innenstadt zu erkunden und Adressen ausfindig zu machen, bei denen ich meine Hilfe anbieten wollte. Doch dann wurde ich zum Wochenende sehr krank und konnte gar nichts machen, außer mit Fieber traurig im Bett zu liegen. Nicht einmal Fernsehen konnte mich aufmuntern, denn ich verstand ja eh kein Wort.

Somit verstrich eine weitere Woche allein zu Haus, ohne einen Job für mich. Also putzte ich die Wohnung, bis es absolut nichts mehr zu putzen gab, und ich kochte für Fabian Fünf-Gänge-Menüs. Es gab so viele Lebensmittel, die ich nicht kannte und ausprobieren wollte, und zudem machte das Einkaufen hier viel mehr Spaß als in Deutschland, da es alles so viel günstiger war und ich mich hier ganz unbeobachtet fühlte, wenn ich mich stundenlang in den Supermärkten aufhielt.

Es war das erste Mal, dass ich, wenn auch nur für einige Monate, mit einem Mann zusammenlebte, in einer gemeinsamen Wohnung. Es war ein schönes Gefühl, und es machte mir so viel Spaß, für uns einzukaufen. In Deutschland war es mir so schwergefallen, Lebensmittel für mich allein zu kaufen. Da ich dort noch bei meinen Eltern lebte, musste ich glücklicherweise nicht besonders viel selbst einkaufen – ich hätte es nicht gekonnt. Geld für Lebensmittel auszugeben fiel mir furchtbar schwer und tat tatsächlich weh. Ich kann mich nicht erinnern, wann ich mir zuletzt in Deutschland etwas selbst zum Beispiel bei einem Bäcker gekauft hatte, so wie es etwa in der Pause an der Berufsschule alle gemacht hatten. Nun fiel es mir um einiges leichter, denn es war ja für uns beide oder vielmehr in erster Linie für Fabian. Es gab so wundervolle Früchte in Brasilien, die kaufte ich sogar mit dem Gedanken, sie selbst zu probieren.

Ich glaube, ich wäre eingegangen wie eine Blume, wenn ich noch eine Woche länger hätte warten müssen, bis geklärt war, womit ich mich in Zukunft beschäftigen konnte. Zum Glück bot sich ein neuer Arbeitskollege von Fabian an, mit mir an einem Nachmittag in ein Krankenhaus für krebskranke Kinder zu fahren und dort für mich nach einem Job zu fragen. Er war Brasilianer, aber konnte ein bisschen Deutsch und mir somit bei der Verständigung helfen. Er sagte, dass sie in diesem Krankenhaus immer nach freiwilligen Helfern suchten. Ich wusste absolut nicht, was mich dort erwartete, und war sehr glücklich und motiviert auf dem Weg dorthin.

Dort schnürte es mir dann jedoch bei dem, was ich sah, die Kehle zu. Niemals hätte ich dort arbeiten können. Nie zuvor in meinem Leben hatte ich solch sterbenskranke Kinder gesehen. Kinder standen für mich am Anfang und in der Blüte ihres Lebens und waren ganz sorgenfrei. Doch diese Kinder waren bereits von ihrem kurzen Leben gezeichnet. Sie hatten leere, glasige Augen, weinten vor Schmerzen oder lagen einfach nur da, völlig schlapp, abgemagert und vollkommen regungslos. Ich konnte die Tränen kaum zurückhalten und wollte nur eins, raus aus diesem Haus. Ich fühlte mich so schlecht, dass ich nicht in der Lage war, diesen Kindern zu helfen, aber dazu hätte meine eigene Kraft einfach niemals ausgereicht. Ich fühlte mich für diese Aufgabe körperlich wie auch seelisch einfach nicht stark genug.

Die Enttäuschung, immer noch nichts für mich gefunden zu haben, war groß, doch ich hatte die Hoffnung noch nicht ganz aufgegeben. Fabians Arbeitskollege hatte noch eine zweite Adresse für mich, ein Kinderheim, zu dem er mich am nächsten Wochenende fahren wollte.

Das Kinderheim lag ziemlich weit außerhalb der Stadt, was mich auf dem Weg dorthin etwas beunruhigte. Wie sollte ich jeden Tag dorthin kommen? Zudem wurde die Hautfarbe der Menschen umso dunkler, je weiter wir uns von der Stadt entfernten, und ich schien geradezu weiß zu leuchten.

Das Kinderheim lag wunderschön ländlich, umgeben von so viel Grün. Es war ein großes Gelände, mit zehn Wohnhäusern, einem Sportplatz, einem Schwimmbad und einer kleinen Schule. Es sah alles so friedlich aus, bis wir das Gelände betraten. Von da an war es, wie man es aus dem Fernsehen kennt. Die Kinder freuten sich so über unseren Besuch und wichen nicht mehr von unserer Seite. Sie wollten mit uns spielen und uns ihr Haus zeigen, und alle auf einmal wollten ein Stück von unseren Händen berühren.

Auch wenn man solche Bilder bereits aus den Medien kennt, ist dies nicht zu vergleichen mit dem Gefühl, wenn man es wirklich erlebt. Die Kinder wollen einen nicht mehr gehen lassen, und man selber möchte sie am liebsten alle auf einmal mitnehmen und ihnen ein Leben in einer heilen Welt schenken.

Aber darum ging es ja in diesem Fall gar nicht. Wir waren ja nicht hier, um eines dieser Kinder mitzunehmen, sondern um zu fragen, ob hier meine Hilfe gebraucht werden konnte. Leider war der Direktor des Kinderdorfes nicht da, und daher konnte man uns keine genaue Auskunft geben.

Die Menschen hier waren alle sehr freundlich. Man lud uns zum Mittagessen ein und sagte mir, ich solle auf jeden Fall am Montag wiederkommen, dann werde man mir bestimmt mehr sagen können. Am Montag, so sagte man mir, sei auch eine Englischlehrerin da, die könnte mir dann bei der Verständigung helfen.

Ich war so zuversichtlich und glücklich über diesen Tag im Kinderheim und hätte mir nichts Schöneres vorstellen können, als hier zu arbeiten. Es war eine vollkommen neue und andere Welt für mich. Die Kinder waren zwar sehr arm und hatten teilweise bereits in jungen Jahren schreckliche Dinge erlebt, aber sie waren immerhin gesund und munter, und viele von ihnen hatten ihr Lächeln noch nicht verloren.

Es wäre mein größter Traum gewesen, diesen Kindern, solange ich in Brasilien war, Liebe zu schenken und für sie da zu sein.

Somit machte ich mich am Montag ganz früh mit dem Bus und einem Wörterbuch allein auf den Weg dorthin und kam auch tatsächlich dort an. Die an der Haltestelle wartenden Kinder hatten mich schon im Bus entdeckt und liefen mir mit offenen Armen entgegen. So empfangen zu werden, nahm mir meine Angst und Aufregung. Sie nahmen mich an die Hand und führten mich zum Direktor ins Dorf. Sie redeten ununterbrochen mit mir und wiederholten geduldig ihre Fragen immer und immer wieder, doch es half einfach nichts, ich konnte sie nicht verstehen. Monate später bekam ich heraus, dass die Kinder mich im Dorf deswegen „*die mit der anderen Zunge*" nannten.

Auch dem Direktor konnte ich nicht viel mehr sagen als radebrechend darzustellen, woher ich kam und dass ich gerne unentgeltlich für einige Monate helfen wollte. Er sagte etwas zu mir, was ich nicht verstand, aber als positive Antwort bewertete, denn die Kinder führten mich daraufhin in die kleine Schule, die zu dem Kinderheim gehörte, und zeigten mir alles.

Von diesem Tag an fuhr ich jeden Tag zu dem Kinderheim. Manchmal machte ich mir Gedanken darüber, ob die Menschen mich dort vielleicht für verrückt hielten, schließlich wussten sie gar nichts über mich. Aber eigentlich hätte ich mir darüber nicht den Kopf zerbrechen müssen, denn sie gaben mir alle von Anfang an das überaus schöne Gefühl, willkommen zu sein und gebraucht zu werden. Sie integrierten mich in ihren Alltag, als ob ich schon immer da gewesen sei. Es war so merkwürdig: Denn obwohl ich hier wirklich anders war als alle anderen, schon allein wegen meines Aussehens und aufgrund meiner fremden Sprache, fühlte ich mich hier gar nicht so. Ich fühlte mich so wohl wie schon lange nicht mehr.

Nicht einfach für mich war jedoch, dass ich anfangs wirklich mit niemandem kommunizieren konnte. Die Englischlehrerin kam nur einmal die Woche ins Dorf, und auch dann konnte ich mich nicht richtig mit ihr verständigen, irgendwie sprachen die Brasilianer anscheinend ein anderes Englisch als wir Deutschen.

Somit blieb mir nichts anderes übrig, als einfach geduldig abzuwarten und jeden Tag zu nutzen, um etwas mehr Portugiesisch zu lernen.

Ich lernte jeden Tag im Bus und ich lernte zu Haus, doch am meisten lernte ich im Kinderdorf von den Kindern. Von ihnen lernte ich die Sprache wie ein kleines Kind, das sprechen lernte. Sie waren so geduldig mit mir. Alle Vokabeln, die ich von ihnen lernte, schrieb ich mir auf und schaute sie zu Hause nach. Ich war so stolz darüber, jeden Tag ein wenig mehr zu verstehen und ein wenig mehr sprechen zu können.

Es war ein Geben und Nehmen, wie ich es lange nicht mehr erlebt hatte. Niemals hätte ich geglaubt, dass diese Kinder überhaupt noch Kraft haben, um etwas zu geben nach all dem, was sie in ihren jungen Jahren schon hatten erleben müssen, und niemals hätte ich für mein Geben etwas von ihnen zu bekommen beansprucht. Doch sie gaben mir so viel zurück.

Zu Hause in Deutschland hatte ich so oft das Gefühl gehabt, dass die Menschen um mich herum überwiegend von mir nahmen und nicht gaben. Sie nahmen so viel, dass sie an meinen Kräften zerrten. Hier war es anders. Die Kinder gaben mir so viel Kraft, und ich fühlte mich nicht einen Tag lang von ihnen ausgenutzt oder ausgesogen.

Ich weiß nicht, ob diese positive Atmosphäre, all die guten Erfahrungen dazu beitrugen, dass ich mich wieder mehr an das Essen herantraute. Vielleicht war es auch die Verantwortung für die Kinder, das Wissen, eine Vorbildfunktion einzunehmen. Anfangs hatte ich es noch abgelehnt, mit den Kindern zu Mittag zu essen. Ich saß nur bei ihnen und leistete ihnen Gesellschaft. Aber sie sagten mir immer wieder, dass man krank würde, wenn man wenig oder nichts esse, und sie hatten so recht. Ich hatte die Hoffnung gehabt, sie würden es nicht bemerken, wenn ich nicht aß, doch ihnen entging nichts.

Somit blieb mir also kaum eine andere Wahl, ich musste mindestens eine Mahlzeit mit den Kindern zusammen einnehmen.

Das Essen danach in mir auszuhalten war trotzdem nach wie vor sehr, sehr schwer für mich. Ich weiß nicht, ob immer wiederkehrende Durchfälle und Bauchschmerzen daher eher psychisch bedingt waren oder ob Magen und Darm sich erst wieder an Nahrung gewöhnen mussten. Im Kinderdorf lief es mit dem Essen zwar zunehmend besser. Hier gab ich mir selbst die Erlaubnis zu essen, ich musste es sogar, für die Kinder. Hier fing ich an zu realisieren, wie verrückt es war, was ich machte. Von den Kindern hätte niemals jemand freiwillig gehungert, und ich, die sich Essen leisten konnte und es immer im Überfluss zu Verfügung gestellt bekommen hatte, mied es.

Doch wenn ich für mich war, zu Hause, fiel es mir trotzdem nach wie vor nicht leicht zu essen. Dort konnte ich mir die Erlaubnis zu essen nach wie vor nicht erteilen.

Nachdem ich zu Anfang im Kinderdorf bei dem Ferienprogramm mitgeholfen hatte – ich hatte Bereiche wie Basteln, Malen und Sport übernommen, in denen nicht zwingend gesprochen werden musste, sondern es ausreichte, etwas mit den Händen zu demonstrieren –, bekam ich nun nach circa drei Wochen eine sehr verantwortungsvolle und für mich völlig einzigartige Aufgabe.

Ich sollte ein Baby betreuen, das auf der Straße gefunden worden war. Die kleine Rafaela war erst einige Tage alt, als sie aus dem Krankenhaus ins Kinderdorf kam, und schien unter einem Schock zu leiden. Mit weit aufgerissenen Augen, vollkommen steif, wurde sie mir, eingewickelt in eine Wolldecke, mit ein paar kurzen Sätzen überreicht. Ihre Mutter schien drogenabhängig gewesen zu sein, und die kleine Rafaela war nun auf Entzug. Zudem hatte sie einen Herzfehler, mit dem sie höchstens drei Jahre alt werden konnte, wenn dieser nicht operiert werden würde. Zu diesem Zeitpunkt war jedoch die Wahrscheinlichkeit, dass sie überhaupt einmal so alt werden würde, sehr gering. Sie war stark unterernährt, und daher fehlte ihr die Kraft, von selbst Nahrung aufzunehmen. Ich verstand nicht, warum sie nicht im Krankenhaus bleiben konnte in diesem schlechten Zustand.

Von nun an kümmerte ich mich nur noch um Rafaela. Die Heim-Mutter in Haus fünf hatte noch weitere neun Kinder zu beaufsichtigen und zu versorgen, daher brauchte sie mich in ihrem Haus, um tagsüber die Betreuung von Rafaela zu übernehmen. Es zerriss mir das Herz, das Baby in dieser Verfassung zu sehen, doch zum Traurigsein war keine Zeit. Rafaela musste alle zwei Stunden gefüttert werden, denn die Mengen, die sie jedes Mal aß, waren sehr klein. Ich versuchte ihr mühevoll, jeden einzelnen Tropfen mit einer Spritze einzuflößen. Meistens schlief sie schon nach wenigen Schlucken ein, so sehr schien es sie anzustrengen.

Mit der Zeit wurden ihre Portionen größer, und ich hatte das Gefühl, sie kam, wenn auch sehr langsam, ein wenig zu Kräften.

Niemals werde ich ihr erstes zartes Lächeln vergessen, das ihr eines Morgens über den Mund huschte, als ich in ihr Zimmer kam, um sie zu wecken. An diesem Tag hatte ich das Gefühl, dass wir es geschafft hatten, sie über den Berg zu bringen.

Rafaela wurde zum kleinen Sonnenschein des gesamten Kinderdorfes und von allen abgöttisch geliebt. Ich zählte jedes Mal die Stunden, wenn ich das Kinderdorf am Abend verließ, freute mich riesig auf sie am nächsten Tag und hoffte, sie unverändert, so wie ich sie verlassen hatte, wieder vorzufinden. Denn obwohl sie mittlerweile relativ gut trank, war sie immer noch ein sehr kleines, zartes und zerbrechliches Baby, und ich hatte ständig große Sorge, ihr könnte etwas zustoßen.

Meine Gedanken kreisten daher ständig um die kleine Rafaela, vielleicht sogar für einige Wochen intensiver als um das Essen. Das Problem, das ich mit dem Essen hatte, wurde in dieser Zeit eher nebensächlich. Ich fing es teilweise sogar an zu verdrängen, denn es gab mich in Brasilien einfach nicht in Verbindung mit Magersucht. Bestimmt fiel auch hier den Menschen mein niedriges Gewicht auf oder zumindest, dass ich sehr dünn war, jedoch wurde es sehr selten thematisiert.

Natürlich war ich noch längst keine normale Esserin, aber zumindest schien es so für alle anderen, denn ich aß mittlerweile, wenn alle aßen. Auch wenn wir eine Einladung zum Essen hatten, also immer wenn es darauf ankam, nicht aufzufallen. Ich hungerte nur noch unbeobachtet und versuchte vor allem über Unmengen an Sport, mein Gewicht zu halten und nicht zuzunehmen. Ich schwamm jeden Tag eine Stunde und begann, in einer Gruppe Yoga zu machen. Auch in Fabians Augen schien ich Fortschritte gemacht zu haben in den letzten Monaten, doch wusste er auch nicht, wie viel ich schwamm, um all das essen zu können, was ich aß. Zudem verbrachten wir nur die Abende und Wochenenden zusammen, und somit hatte er keinen genauen Überblick über das, was ich wirklich zu mir nahm.

An manchen Tagen hatte ich auch selbst das Gefühl, es würde immer besser werden mit dem Essen, doch dann gab es wieder Tage, an denen ich mich so schrecklich unwohl in meinem Körper und in allen Kleidungsstücken fühlte, die ich besaß, dass ich am liebsten nie wieder etwas gegessen hätte.

Somit war es eher ein ständiges Auf und Ab und keine kontinuierliche Verbesserung, zumindest nicht in meinem Kopf. Drei oder vier Kilo hatte ich in den letzten vier Monaten in Brasilien zugenommen. Ich glaube, ich wog zwischen 45 und 46 Kilo, doch wohl fühlte ich mich damit nicht, vor allem, weil ich Angst hatte, dass es jemandem auffallen würde, wenn ich nach Deutschland zurückkehrte. Fabians Praktikum ging dem Ende zu, die Rückreise rückte immer näher, und damit auch das Ende meiner unvergesslich schönen Zeit im Kinderheim.

Mich von Rafaela trennen zu müssen war ein äußerst schmerzhafter Gedanke. Nach wie vor gab es nicht genug Geld, um ihre Herzoperation in Brasilien durchführen zu können, daher hatte ich große Angst, sie, wenn ich sie einmal zurückließe, niemals wiederzusehen.

Ich nahm mir fest vor, den Kontakt zum Kinderdorf aufrechtzuerhalten, damit ich immerzu verfolgen konnte, wie es Rafaela ging, übernahm zudem eine Patenschaft für sie und wollte in Deutschland Geld für ihre Operation sammeln.

Der Abschied von Brasilien fiel mir, glaube ich, um einiges schwerer als Fabian. Ich hatte sehr liebe Menschen kennengelernt, auch außerhalb des Kinderdorfes. Ich fühlte mich verbunden mit dem Land. Ich liebte die Kultur, die Sprache und die Menschen. Ich hatte Angst, zurückzukehren, Angst, keinen Job zu finden, ich hatte Angst vor der harten Arbeit im Hotel und vor meinem alten Leben. Doch es gab zu diesem Zeitpunkt keine Möglichkeit, länger zu bleiben. Zum einen lief unser Visum das zweite Mal aus – ein drittes Mal hätten wir es nicht verlängern können –, und zum anderen hatten wir all unser Erspartes ausgegeben, da wir beide das letzte halbe Jahr nichts verdient hatten. Außerdem wollte Fabian sein Studium abschließen.

Wir kehrten also nach Deutschland zurück. Nach langer Zeit liefen mir das erste Mal Tränen über die Wangen, als wir im Flugzeug saßen.

6. Kapitel

Wieder zurück

Die letzten sechs Monate hatten mich sehr geprägt und meine Einstellung zu vielen Dingen stark verändert, denn ich hatte das erste Mal in meinem Leben mit wirklicher Armut zu tun gehabt und mit Menschen, denen in jungen Jahren bereits Schlimmes widerfahren war. All die Eindrücke, die ich in Brasilien gesammelt hatte, und die Dinge, die ich erlebt hatte, hätten meinen Charakter und mein Selbstbewusstsein eigentlich stärken müssen, doch diese Stärke blieb tief in mir verbogen. Ich konnte sie nicht sichtbar machen, sie nicht verwenden und dadurch auch nicht für mich gebrauchen. Ich war nach wie vor in meinen alten Gewohnheiten gefangen.

In Brasilien hatte ich schnell erkennen müssen, dass sich trotz der neuen Umgebung, des neuen Umfelds und der neuen Aufgaben mein Problem mit dem Essen nur wenig verändert hatte.

Zu Beginn hatte ich zwar das Gefühl, es wäre besser geworden, schließlich mied ich das Essen nicht mehr vollkommen und hatte auch etwas zugenommen, doch bereits nach einiger Zeit fiel ich auch hier immer mehr zurück in alte Muster. Ich fühlte mich nach wie vor nicht wohl in meinem Körper und schon gar nicht, wenn dieser gefüllt war mit Essen. Ich brauchte und liebte nach wie vor die Leere in meinem Körper.

Somit war ich natürlich reich geworden an Erfahrungen, an Erlebnissen, hatte eine neue Sprache gelernt und neue Freundschaften geschlossen, doch schließlich war ich innerlich genauso leer wie vorher und eigentlich kaum einen Schritt weiter.

Ein neuer Ort, eine neue Umgebung hatten mir nicht geholfen, etwas in mir zu verändern.

Vielleicht war es die Enttäuschung über mich selbst, nicht allein geschafft zu haben, was ich mir vorgenommen hatte, die mich nun veranlasste, mich dafür noch mehr zu bestrafen. Vielleicht gab ich auch langsam einfach auf. Ich weiß es nicht, doch ich spürte immer deutlicher, dass ich wirklich krank war und nicht mehr lange durchhalten würde, wenn ich es nicht endlich schaffen würde, diesen schrecklichen Kreislauf zu durchbrechen.

Dass ich so dachte, hätte ich jedoch niemals nach außen gezeigt. Ich hätte es niemals vor anderen eingestanden, dass ich nach Brasilien nicht viel weiter als vorher war und sogar zunehmend schwächer wurde.

Ich sah also mittlerweile selbst, dass ich krank war, und bezeichnete meine Krankheit im Stillen auch als Magersucht, aber niemals hätte ich es akzeptiert, wenn andere mich so tituliert hätten. Ich wollte nach wie vor von keinem als schwach oder krank gesehen werden und lehnte nach wie vor alle Hilfe und Vorschläge, wieder mit einer Therapie zu beginnen, ab. Von einer Einweisung in ein Krankenhaus und eine stationäre Behandlung hielt ich nach wie vor am allerwenigsten.

Nach außen gab ich somit vor, auf dem besten Wege zu sein, und irgendwo war auch immer noch ein Fünkchen Hoffnung in mir, es selber zu schaffen. Alles brauchte einfach seine Zeit, ich wollte noch nicht ganz aufgeben.

Also kämpfte ich weiter. Jeder Tag war ein Kampf und kostete mich Unmengen an Kraft. Ich kämpfte darum, nach außen ein normales Leben vorzuspielen und mir nichts anmerken zu lassen, um den Schein von einem Leben, das nicht anders oder womöglich gar schlechter sein sollte als das Leben von anderen, zu wahren und um niemanden zu enttäuschen. Und ich kämpfte mit mir selber um jeden Bissen, ich kämpfte mit dem schlechten Gewissen und dem ständigen Gefühl, mich unwohl in meiner eigenen Haut zu fühlen.

Nachdem wir zurück nach Deutschland gekommen waren, bot mir das Hotel, in dem ich gelernt hatte, vorübergehend einen Arbeitsplatz an, bis ich eine neue Stelle in einem anderen Hotel gefunden hatte.

Eigentlich wäre ich gern in meinem alten Hotel geblieben, doch dort war ich für die anderen Mitarbeiter nach wie vor Azubi und wäre es wahrscheinlich auch immer geblieben.

Ich hatte großes Glück und fand schnell eine neue Stelle an der Rezeption in einem der besten Hotels der Stadt.

In Brasilien hatten Fabian und ich uns so sehr an das Zusammenleben gewöhnt, dass wir uns nicht mehr trennen mochten, und somit zog ich mit einem Teil meiner Sachen bei ihm ein. Der andere Teil blieb in meiner kleinen Wohnung, bei meiner Familie im Haus, in die ich ab und zu an freien Tagen zurückkehrte.

Ich hatte große Sehnsucht nach meiner kleinen Rafaela, nach dem Land Brasilien und den Menschen, die mir dort sehr ans Herz gewachsen waren.

In meinem neuen Job fühlte ich mich nicht wohl. Die Hotelwelt erschien mir zunehmend als absolut unreal, und der Kontrast zwischen dem Kinderheim und einem Fünf-Sterne-Hotel war einfach zu krass. Der Job im Hotel füllte mich immer weniger aus und kam mir immer mehr als ein sinnloses Tun vor. Nicht einmal der Verdienst stimmte für all die Stunden, die man dafür opferte.

Meine veränderte Einstellung zu diesem Beruf sowie das in meinem neuen Hotel herrschende schlechte Arbeitsklima machten es für mich von Tag zu Tag schwieriger, zur Arbeit zu gehen und einen guten Job zu machen.

Es folgte also auf das Hoch Brasilien ein schreckliches Tief. Ich hatte das Gefühl, ein enormer Druck lastete auf meinen Schultern. Das Hotel prüfte mein Können an allen Ecken und Enden, sodass ich ständig Angst hatte, nicht gut genug zu sein und die Probezeit nicht zu überstehen. Am liebsten hätte ich schon nach wenigen Wochen das Handtuch geworfen, doch wie hätte das ausgesehen? Wahrscheinlich hätte ich nur die Meinungen vieler damit bestätigt, nicht genügend Kraft zu haben für so einen anstrengenden Beruf in meinem Zustand.

Das in Brasilien aufgebaute Gewicht verlor ich in Deutschland nun wieder. Auf der einen Seite fühlte sich das gut an und bestätigte mich auf irgendeine Art und Weise. Ich fühlte mich so wieder wohler in meinem Körper. Doch andererseits fühlte ich mich auch schwächer und in meinen Gedanken vollkommen abgelenkt, denn die kreisten wieder nur ums Essen und Abnehmen. In Brasilien hatte ich viel mehr Kraft, jetzt war ich zunehmend unsicherer und leistungsschwächer.

Ich hatte große Angst, dass dies im Hotel bemerkt werden würde. Früher konnte ich mein Befinden perfekt überspielen, das schaffte ich nun immer weniger. Vielleicht wollte ich auch nicht mehr. Das ewige Versteckspiel war so furchtbar anstrengend.

Es erschien mir somit wie eine enorme Erleichterung, als man mir schließlich am Ende meiner Probezeit mitteilte, dass sich das Hotel gegen eine weitere Zusammenarbeit mit mir entschieden hatte, da ich ihnen nicht belastbar genug erschien. Sie hatten so recht!

Natürlich ist keine Kündigung schön, und somit kratze diese auch an meinem Selbstbewusstsein, doch auf der anderen Seite war ich dem Hotel wirklich dankbar für diesen Schritt, denn ich hätte ihn von mir aus wahrscheinlich niemals gewagt und hätte, wer weiß wie lange noch, versucht, dort irgendwie durchzuhalten, obwohl ich absolut keinen Spaß mehr an dieser Arbeit hatte.

Vielleicht hielt sich deswegen die Enttäuschung auch in Grenzen, denn ich wusste, ich wollte etwas anderes machen, etwas wie in Brasilien, etwas, bei dem ich das Gefühl hatte, Sinnvolles zu tun und nicht nur zu arbeiten, um Geld zu verdienen.

Eines hatte ich in diesen drei Monaten, zurück im Hotel, für mein weiteres Leben gelernt: Es ist so unglaublich wichtig, eine Arbeit auszuüben, hinter der man wirklich steht und die einem Spaß macht, sonst ist es eine absolute Quälerei und vergeudete Zeit. Ganz egal, was man verdient, man verbringt einfach zu viel kostbare Zeit seines Lebens bei der Arbeit, daher sollte diese Zeit unbedingt sinnvoll genutzt werden und einen weiterbringen, sonst ist es verschwendete Zeit, die man mit keinem Geld der Welt wieder zurückkaufen kann.

Nun hatte ich Zeit und die Chance, diese Zeit zu nutzen, um mein Leben zu ändern. Doch wer gesteht sich schon gerne ein, dass sein jetziges Leben nicht so weiterlaufen kann wie zuvor? Außerdem hatte ich ja in Brasilien bereits versucht, etwas zu ändern, und es nicht geschafft. Ich würde es nicht alleine schaffen, denn ich wusste nicht, wie ich es angehen sollte. Mir helfen zu lassen, davor hatte ich jedoch große Angst, denn das hätte bedeutet, dass ich wirklich zunehmen muss, und das wollte ich nicht. Auch wollte ich dafür nicht so viel Zeit opfern. Eine Therapie in einer Klinik würde mich einige Wochen kosten, vielleicht auch Monate, das wusste ich aus Fabians Erzählungen, seine Schwester hatte sich in einer Klinik helfen lassen. Wie sollte man diese Zeit denn in seinem späteren Lebenslauf erklären. Wenn man die Wahrheit schriebe, würde man wahrscheinlich niemals mehr einen Job bekommen.

Mit ambulanten Therapien hatte ich zu viele schlechte Erfahrungen gesammelt, davon brauchte ich nicht noch mehr.

Ich musste es also selbst schaffen, auch für Fabian.

Meine Familie sagte, ich solle mir Zeit gönnen und nun in Ruhe schauen, was ich als Nächstes machen wollte. Doch Zeit und Ruhe war genau das, was mir am wenigsten guttat. Außerdem brauchte man Geld zum Leben, und das wollte ich auf keinen Fall von irgendjemandem anderen nehmen.

Ich hatte immer das Gefühl, etwas leisten zu müssen. Arbeitslos zu sein und erst mal zu bleiben war daher unvorstellbar für mich, und das war das Gute an dem Beruf, den ich gelernt hatte, man fand eigentlich immer einen Job.

Ich glaube, ich war nicht einmal eine Woche ohne Arbeit, ich hatte ganz schnell einen Kellner-Job gefunden und kam somit mal wieder davon ab, mich mit mir selber zu beschäftigen und mit der Frage, wie ich mein Leben weiterführen wollte.

Irgendwie würde sich alles schon wieder einrenken, daran hatte ich bis jetzt immer geglaubt, und so war es bis jetzt auch immer gewesen.

Es hatte schon so viele Phasen gegeben, in denen es mir besonders schlecht gegangen war, auch wenn es nach außen niemals so ausgesehen hatte, und dann gab es wieder Phasen, in denen es mir ganz gut ging. Phasen, in denen ich durch äußere, besonders positive Umstände mehr abgelenkt war von meinem inneren Befinden als zum Beispiel in Brasilien.

Doch diesmal schien es, als wollte sich etwas in mir breitmachen, mich besiegen, mich so weit runterziehen, bis ich am Boden lag und nicht mehr konnte. Ich hatte es bis jetzt immer geschafft, die schlechten Phasen zu überstehen, mich selbst aus diesen wieder nach oben zu kämpfen, doch diesmal schien der Sog nach unten zu stark. Es war nicht so, dass ich mich körperlich total am Ende fühlte, da hatte es früher schon einmal viel schlimmere Phasen gegeben. Ganz im Gegenteil, ich arbeitete wie verrückt und schaffte es einfach nicht mehr, runterzukommen. Ich hatte geradezu das Gefühl, das sich mein Herzschlag in seiner Geschwindigkeit verdoppelt hatte. Natürlich ist das medizinisch wahrscheinlich unmöglich und daher völliger Schwachsinn, trotzdem war ich Tag und Nacht wie aufgeputscht. Tagsüber rannte ich wie eine Irre von A nach B im Restaurant und nachts, wenn Fabian schlief, bastelte ich heimlich an einem Mosaikwandbild. Es war, als wenn etwas in mir sagte, wenn du schon tagsüber vor dir selbst wegläufst, dann nutze die Nacht, um in Ruhe nachzudenken. Beim Kleben und Zusammensetzen der einzelnen kleinen Fliesenstücke, Muscheln und Spiegelchen zu einem Ganzen hatte ich wirklich sehr viel Zeit, um nachzudenken. In diesen Nächten fühlte ich mich oft schrecklich einsam mit meinen Problemen und hatte große Angst. Ich fühlte mich klein, schwach und vollkommen machtlos meinem Körper gegenüber. Ich hätte so gerne um Hilfe geschrien, aber irgendwas in mir ließ einfach nicht zu, Hilfe zu suchen und anzunehmen.

Fabian hatte seine Diplomarbeit abgegeben und seine letzten Prüfungen erfolgreich abgeschlossen. Ich hatte mir für zwei Wochen freigenommen. Wir freuten uns so auf die Zeit miteinander und einen gemeinsamen Urlaub.

Wir liefen den Strand entlang und beobachten die Surfer in den Wellen. Die Sonne stand hoch am Himmel, doch trotzdem spürte ich den eisigen Wind auf meiner Haut, der durch meinen dicken Wollpullover durchdrang. Mein Rücken schmerzte durch die verkrampfte Haltung, die mein Körper aufgrund der Kälte eingenommen hatte.

Fabian war begeistert von den Wellen und steuerte direkt auf einen Surfshop am Strand zu. Marokko war berühmt für seine guten Surfspots, darum hatten wir uns für die Reise hierher entschieden.

Seit unserer Ankunft vor einigen Tagen hatte ich es versucht, herauszuschieben, mit Fabian surfen zu gehen. Ich schob vor, erst einmal die Stadt besichtigen zu wollen und zunächst zu entspannen, doch in Wirklichkeit graute es mir vor der eisigen Kälte des Wassers, und ich hatte große Angst vor der Kraft der mächtigen Wellen.

Fabian konnte es jedoch kaum noch abwarten, er hatte so lange darauf gewartet, mit mir zusammen Wellenreiten zu gehen. Hier, sagte er, sei für mich der perfekte Ort, es richtig zu lernen, hier seien die Wellen nicht so hoch wie in Südafrika.

Ich hätte ihm so gerne diesmal seinen Traum erfüllt, seine begeisterte Surferfreundin zu sein, doch ich spürte, dass mir einfach nach wie vor die Kraft dazu fehlte, und daher hatte ich große Angst.

Er schien allerdings absolut keine Zweifel daran zu haben, dass ich einmal eine wunderbare Surferin werden würde, und war nicht mehr zu bremsen. Es half nicht einmal mehr die Wahrheit, er wollte den wahren Grund nicht verstehen. Ich sagte ihm, ich fühle mich nicht gut, sei nicht fit genug zum Wellenreiten und hätte aufgrund meiner körperlichen Verfassung große Angst. Doch er war überzeugt davon, dass es normal war, ein wenig Angst zu haben am Anfang, dies gehe bestimmt schnell vorüber. Er sei ja außerdem bei mir und somit könne nichts passieren. Ich hörte an seiner Stimme, wie enttäuscht er war, fast ein wenig sauer. Ich hatte nicht einmal mehr die Kraft, mich durchzusetzen, und gab wie immer mein eigenes Bedürfnis auf, um jemand anderen nicht zu enttäuschen. Es machte mich unglaublich traurig zu sehen, dass selbst Fabian den Blick und das Gespür für mich und den Zustand, in dem ich mich nach wie vor befand, anscheinend immer mehr verlor. Zu lange lebte er mit mir und meiner Magersucht, so lange, dass auch er es zunehmend als normal empfand, ja vielleicht nicht einmal mehr sah oder es verdrängte und deswegen auch kaum noch

Rücksicht darauf nahm. Eigentlich war es ja auch genau das, was ich mir immer gewünscht hatte. Normal behandelt zu werden, um wie andere an allem teilhaben zu können. Doch in dieser Situation wurde mir deutlich, wie sehr die Magersucht mich einschränkte, und ich hätte mir so sehr gewünscht, dass auch Fabian es bemerken würde.

Mit Tränen in den Augen, zitternd vor Kälte, versuchte ich, gegen die Wellen anzukämpfen, um weiter aufs Meer rauszukommen. Ich hatte keine Chance. Fabian schrie, ich müsse durch die Wellen durchtauchen und dabei kräftig paddeln. Aber genau das versuchte ich ja, und trotzdem riss mich jede Welle von Neuem mit einer gewaltigen Wucht vom Brett.

Völlig erschöpft lag ich am frühen Abend im Bett unserer Unterkunft. Am liebsten wäre ich einfach nur noch dort liegen geblieben. Ich wollte schlafen, ganz lange schlafen, um endlich wieder zu Kräften zu kommen.

Am nächsten Morgen fühlte ich mich um einiges besser. Das Haus, in dem wir schliefen, war wunderschön. Fabian und ich frühstückten jeden Morgen mit Blick über die ganze Stadt. Vom flachen Dach des Hauses hatten wir eine unglaubliche Sicht. Ich aß jeden Morgen ein wenig Obst und trank Unmengen an Kaffee mit Milch, was mich sehr sättigte. An diesem Morgen hatte ich wahrscheinlich zu viel und vermutlich zu schnell getrunken, denn mir wurde auf einmal sehr übel. Ich versuchte es noch auf die Toilette, doch auf dem Weg dorthin wurde mir furchtbar schwindelig. Ich schaffte es noch, mich auf den Boden der Eingangshalle zu setzen, und dann hörte ich es platschen, als wenn jemand einen Eimer Wasser ausgeschüttet hatte, und anschließend viele Stimmen aufgeregt durcheinander sprechen. Ich hatte alles um mich herum vollgekotzt und saß nun in einer Pfütze aus Kaffee und Obststücken. Auf einmal war Fabian da und hob mich aus der widerlichen Suppe heraus. Er trug mich ins Bad, zog mich aus und duschte mich ab. Ich zitterte am ganzen Körper und weinte, weil es mir so peinlich war vor den anderen Gästen im Haus.

Ich hatte mir den Magen verdorben und hatte durch das Spucken und den anschließenden Durchfall sehr viel Flüssigkeit verloren. Ich wusste selbst, dass Cola nun für mich das Beste gewesen wäre, aber ich konnte es einfach nicht trinken. Der ganze Zucker in diesem Getränk machte mir eine Riesenangst, niemals hätte ich auch nur einen Schluck davon runterbekommen.

Die für mich geringe Auswahl an Nahrungsmitteln, die mir noch blieb, machte es mir nicht gerade einfach, in solch einem Land wieder zu Kräften zu kommen. Sogar in solch einer Ausnahmesituation erlaubte ich mir selbst nicht einmal Dinge, die ich mir zwar auch sonst zu essen oder zu trinken verbat, die nun aber absolut gut für mich gewesen wären.

Ich wollte natürlich, dass es mir wieder besser ging, um den Urlaub weiterhin genießen zu können und um Fabian den Urlaub nicht zu verderben, doch ich sah auch etwas Positives daran, Durchfall zu haben und spucken zu müssen – die Chance, endlich einmal absolut leer zu sein und nichts Schlechtes mehr in mir zu spüren. Frei sein von schlechten Gedanken und das vollkommen ohne die Mühe, Essen ablehnen zu müssen oder sich überlegen zu müssen, wann und was man isst, um so wenig wie möglich zu sich zu nehmen.

7. Kapitel

Ein großer Schritt nach vorn?

Wie sahen die anderen wohl aus, und hoffentlich waren sie nett. Es war so still hier, wo waren bloß alle hin?

Nach einem Aufnahmegespräch und einer ärztlichen Untersuchung hatte man mich in mein Zimmer gebracht. Hier sollte ich mich erst einmal etwas einrichten und es mir gemütlich machen, bevor man mich noch wiegen wollte und einige Fotos von mir gemacht werden sollten.

Meine Tasche war bereits ausgepackt, mein Bett bezogen, und nun saß ich da, ganz allein und hätte mich am liebsten doch wieder umentschieden und wäre schnell wieder nach Hause gefahren.

Doch nun war ich hier, und nur ich selbst hatte es so gewollt und mir so ausgesucht.

Fabian diese Entscheidung mitzuteilen war schwieriger gewesen, als ich gedacht hatte. Zwar hatte er mir oft selbst geraten, doch wenigstens einmal zu einem Probegespräch in eine Klinik zu gehen, um mir deren Konzept anzuhören und dann besser beurteilen zu können, ob mir diese Art von Therapie weiterhelfen könne. Doch ich hatte stets geantwortet, ich wolle auf keinen Fall in so eine Klinik, denn das habe ich absolut nicht nötig. Ich sagte ihm, dass man mich dort wahrscheinlich nicht einmal aufnehmen würde, da mein Gewicht dafür noch viel zu normal sei. Doch schließlich, ca. zwei Jahre nach meinem Reitunfall, bei dem mir der Arzt bereits eine stationäre Therapie empfohlen hatte, hatte sich das Blatt gewendet, und ich sah einen Klinikaufenthalt als meine allerletzte Hoffnung und war bereit, diesen Schritt zu gehen.

Für Fabian schien das völlig überraschend zu kommen. Er hatte das Gefühl gehabt, dass es mir zurzeit etwas besser gehe, und er hatte die Hoffnung nie aufgegeben, dass ich es wirklich selber schaffen würde.

Er stand vollkommen hinter mir und hinter dieser Entscheidung, aber ich merkte ihm an, dass auch er Angst vor diesem Schritt hatte und vor dem, was nun auf mich, aber auch auf unsere Beziehung zukommen würde.

Am Tag des Probegespräches hatte er mich begleitet, was mir viel Kraft gegeben hatte und auch für ihn wichtig war, um von Anfang an meinem neuen Weg teilhaben zu können.

Ich hätte niemals damit gerechnet, dass schließlich alles so schnell gehen würde. Noch am Telefon hatte man mir gesagt, es gebe lange Wartezeiten. Niemals hätte ich daher damit gerechnet, dass sie meinen Namen nach dem ersten Gespräch auf eine Dringlichkeitsliste schreiben würden. Ich erinnere mich noch genau, wie schrecklich peinlich es mir war, in diesem Gespräch zu sagen, dass ich glaube, magersüchtig zu sein. Denn ich dachte dabei nur, dass die Ärztin bestimmt nicht fand, dass ich zu dünn aussah. Die richtigen Magersüchtigen, so dachte ich, waren bestimmt tausendmal dünner als ich.

Somit war ich sehr überrascht, als ich bereits nach circa einer Woche einen Aufnahmetermin per Post erhielt.

Für mich war es wahrscheinlich gut, dass es so schnell ging, sonst hätte ich es mir nur noch wieder anders überlegt. Aber für Fabian war somit natürlich nicht viel Zeit geblieben, sich richtig mit dem Gedanken anfreunden zu können, dass seine Freundin in eine psychosomatische Klinik gehen würde.

Ich weiß noch, wie ich dachte: Wenn es mir schon so unangenehm war, in meinem Freundeskreis und innerhalb der Familie darüber zu reden, wie peinlich musste es dann erst für ihn sein, vor seiner Familie und seinen Freunden?

Für mich war zu diesem Zeitpunkt vollkommen klar, dass ich Hilfe brauchte. Ich konnte nicht mehr, war am Ende meiner Kräfte, und ich sah einen Klinikaufenthalt mittlerweile als meine letzte Chance. Ich hatte verstanden, dass mir dieses Problem keiner abnehmen, dass es keiner für mich lösen würde. Immerzu hatte ich gehofft, dass meine Familie und meine Freunde, je dünner ich würde, umso mehr Rücksicht auf mich nehmen, sich mehr um mich sorgen würden. Dass sie aufhören würden, ihre Probleme bei mir abzuladen, mir vielleicht endlich einmal zuhörten und mir irgendwie helfen würden. Doch es änderte sich nichts, egal, wie dünn ich war. Ich konnte nicht länger darauf warten, dass mir irgendwann irgendjemand helfen würde. Ich musste mir selber Hilfe suchen, musste mir selber helfen.

Andererseits hatte ich wirklich große Angst, dass niemand diesen Schritt, den ich gehen wollte, verstehen würde und dass er für immer negativ an mir haften könnte. Die Angst, nach dem Klinikaufenthalt erst recht anders zu sein als mein Umfeld, weil ich solch eine Hilfe in Anspruch genommen hatte, hätte mich fast daran gehindert, diesen Weg zu gehen. Es erschien mir nahezu wie ein Teufelskreis. Auf der einen Seite brauchte ich dringend Hilfe, um endlich am normalen Leben teilnehmen zu können, und sah es endlich ein, dass ich es allein nicht schaffte. Doch auf der anderen Seite war die Angst so groß, dass mir durch diese Hilfe von außen ein Stigma auferlegt werden würde, das mich für immer aus dem normalen Leben ausgrenzen könnte. Der große Wunsch, vor meiner Familie, meinen Freunden, meinem Freund und in der Gesellschaft makellos dazustehen, ohne einen solchen Fehler, eine Vergangenheit mit einer psychischen Erkrankung, hätte mich also vielleicht irgendwann mein eigenes Leben gekostet.

Nun saß ich auf meinem Bett und wartete darauf, dass die Tür endlich aufgehen und mich jemand zum Wiegen abholen würde. Mir gingen tausend Gedanken durch den Kopf: wie lange ich wohl hier bleiben müsse. Circa sieben Wochen, hatte man mir gesagt. Wie lange wohl meine Bettnachbarin schon hier war, wer wohl all die anderen Mädchen waren und wie nun alles weiterging, wollte ich wissen.

Ich dachte an Fabian und den traurigen Abschied an diesem Morgen. Ich wollte nicht, dass er mich in die Klinik brachte. Es hätte zu sehr wehgetan, ihn gehen lassen zu müssen. Meine Mutter fuhr mich hin.

Ich stand an diesem Morgen mit ihm auf. Wir waren ganz still, keiner traute sich, das Schweigen zu brechen. Vielleicht gab es auch einfach nichts mehr zu sagen, sondern nur noch ein stilles Hoffen, dass wir beide diese vor uns liegende Zeit gut zusammen meistern würden.

Dann kam der Abschied. Er musste zur Arbeit. Wir standen in der Küche. Genauso wie damals, bevor er nach Südafrika gegangen war. Mit seinen dunkelbraunen Augen schaute er mich so unglaublich traurig an. Mein Hals schnürte sich zu, und ich bekam kaum noch Luft. Er weinte. Ich konnte nicht weinen, aber es tat so schrecklich weh. Und weil ich nicht weinen konnte, trug ich den Schmerz nun immer noch mit mir in meiner Brust. Wie sollte ich es bloß so lange ohne ihn aushalten. Würde er so lange auf mich warten? Auf eine psychisch kranke Frau?

Nur die Hoffnung, vielleicht irgendwann ein ganz normales Leben mit ihm leben zu können, eine gesunde Frau an seiner Seite zu sein, gab mir Zuversicht.

Ich schaute mich in meinem Zimmer um. Es war ein schönes Zimmer, hell, gemütlich und mit genügend Platz für zwei Personen. Hier fühlte ich mich wohl und würde es mir versuchen schön zu machen.

Wenig später sah ich das allerdings schon wieder ganz anders. Beim Wiegen hatte man mir die Spielregeln erklärt, die hier herrschten. Am Dienstag sei jede Woche Wiegetag, und für jeden galt es, jede Woche 700 Gramm zuzunehmen. Wer das nicht schaffe, komme in eine sogenannte Phase. So in etwa hatte man es mir auch im Vorgespräch erzählt, doch nun war Freitag, und bis Dienstag waren es nur noch vier Tage. Wie sollte ich das schaffen? Zudem hatten sie mich heute Nachmittag gewogen, nachdem ich bereits Unmengen an Flüssigkeit zu mir genommen hatte. 46 Kilo brachte ich somit auf die Waage. Zu Hause, heute Morgen waren es gerade mal 44 Kilo gewesen. Machten sie sich denn gar keine Gedanken darüber, dass man am frühen Abend viel mehr wiegt als morgens? Wie sollte ich in vier Tagen 2,7 Kilo zunehmen? Das erschien mir geradezu unmöglich. Es war ihnen egal, und ich fühlte mich so ungerecht behandelt, ich wollte nicht so unter Druck gesetzt werden. Ich hatte gedacht, man würde wenigstens am Anfang schonend behandelt werden, aber das hier war alles andere als schonend.

Ich war hier, um mir helfen zu lassen. Doch nun fühlte ich mich absolut allein gelassen. Das Wochenende stand vor der Tür, und man hatte mir gesagt, am Montag würde ich mein Wochenprogramm erfahren, und dann werde mir alles Weitere erzählt werden. Jetzt am Wochenende laufe nichts; wenn irgendetwas sei, seien zur Not ein Arzt und ein Psychologe im Haus. Ich wusste nicht, ob ich lachen oder weinen sollte. Wieso waren die sich so sicher, dass ich den Speiseraum schon allein finden würde und dass ich mir nun auf einmal ganz selbstverständlich den Teller am Buffet vollhauen würde, denn ich wusste ja, am Dienstag ist Wiegetag.

Ich hatte gedacht, hier würde mich jemand auf Schritt und Tritt begleiten und mich beim Essen unterstützen, zumindest am Anfang. Schließlich war ich hier, um endlich nicht mehr allein zu sein mit meinem Problem.

Aber das war ich auch eigentlich gar nicht mehr, und daran hatte ich komischerweise bis jetzt noch nicht gedacht. Vermutlich waren die anderen Mädchen von meiner Station alle aus dem gleichen Grund wie ich hier, allein deswegen war ich schon nicht mehr allein. Und für alle galten die gleichen Regeln. Bis jetzt hatte ich nur Angst davor gehabt, die anderen Mädchen zu sehen. Ich hatte Angst davor, von ihnen nicht aufgenommen zu werden, und ich hatte Angst vor ihren Blicken und vor dem, was sie vielleicht über mich reden würden. Vielleicht fanden sie mich gar nicht dünn. Bestimmt waren sie alle viel dünner als ich und fragten sich, was ich hier wolle. Ich ging wirklich davon aus, dass die Mädchen in solch einer Klinik ganz anders seien als ich. Ich selbst hatte also genau die Vorurteile, vor denen ich Angst hatte, sie in meinem Umfeld zu ernten.

Mir kam nicht in den Sinn, dass mir die anderen Mädchen vielleicht auch guttun könnten und dass man sich hier sogar gegenseitig helfen könnte. Denn schließlich saßen alle im gleichen Boot. Die Station, auf der ich war, ähnelte nicht etwa einer Station im Krankenhaus, sie war eher wie eine sehr große Wohnung mit einer Sofaecke für alle und einem Fernsehraum. Neben den Zimmern für die Patienten gab es außerdem noch Therapieräume für Einzel- und Gruppengespräche. Die Patienten waren immer zu zweit in einem Zimmer, die jedoch so vorteilhaft eingerichtet waren, dass man immer die Möglichkeit hatte, sich etwas zurückzuziehen. Jedes Zimmer hatte ein gemeinsames Badezimmer. Wir waren um die 20 Mädchen auf dieser Station, manchmal vielleicht auch etwas mehr. Männer oder Jungs waren eher seltener – während meiner ganzen Zeit dort kamen nur drei Männer. Viele von den Mädchen waren in meinem Alter, so Anfang 20, nur wenige waren deutlich jünger oder älter. Die jüngste war, glaube ich, 16 Jahre alt und die älteste 35. Einige der Mädchen waren schon mehrere Male hier gewesen oder bereits in anderen Kliniken, was mich sehr schockierte, denn für mich war es ja der erste Klinikaufenthalt, und dabei sollte es eigentlich auch bleiben. Die Klinik selbst bestand aus mehreren Stationen. Hier wurden nicht nur Essstörungen behandelt, sondern verschiedenste psychosomatische Erkrankungen. Im Erdgeschoss befand sich ein Riesen-Speisesaal für die Patienten der gesamten Klinik. In diesem gab es drei Mal am Tag Essen. Niemals hätte ich erwartet, dass wir eigenständig zu diesen Mahlzeiten gehen mussten. Ich hatte nicht einmal das Gefühl, es würde irgendjemand kontrollieren, ob wir dort wirklich hingingen. Die einzige Kontrolle waren die 700-Gramm-Gewichtszunahmen auf der Waage am Dienstagmorgen. Wie wir diese erreichten, schien uns überlassen zu sein.

Ich weiß nicht, wie ich es geschafft hatte, aber an meinem ersten Wiegetag bekam ich trotz der blöden Startumstände 46,7 Kilo auf die Waage. Ich hatte es tatsächlich einfach wie die anderen Mädchen gemacht und versucht, so viel zu essen, wie es eben zu Anfang möglich war für mich.

Eigentlich sollten wir sechs Mahlzeiten am Tag zu uns nehmen: drei Hauptmahlzeiten im Speisesaal und drei Zwischenmahlzeiten, die wir uns am Morgen in der Küche abholen mussten und über den Tag verteilt essen sollten. Das überforderte mich zu Anfang total. Meine Portionen von null auf hundert zu steigern schaffte ich nicht.

Am Morgen des Wiegetages herrschte immer eine bedrückende Stimmung auf der Station, ganz besonders unter denen, die wussten, sie würden es nicht schaffen. Dienstags morgens um sieben Uhr trafen sich alle zusammen im Bademantel und darunter nur in Unterwäsche in der Sofaecke und warteten auf ihr Urteil. Nacheinander wurde jeder in einen kleinen Raum gerufen, in dem sich eine Frau das Gewicht notierte. Die Mädchen kamen dann mit ganz verschiedenen Gesichtsausdrücken wieder aus dem Zimmer. Die meisten freuten sich, wenn sie es geschafft hatten, denn das bedeutete Freiheit – freies Bewegen innerhalb und auch außerhalb des Klinikgeländes. Doch war es keine reine Freude, die ich auf den Gesichtern der Mädchen entdeckte, wenn 700 Gramm mehr auf den Rippen waren. Unsicherheit und Zweifel waren nicht nur bei mir vorhanden, sondern konnte ich auch bei den anderen erkennen. Die meisten freuten sich mehr über die Freiheit als über die 700 Gramm.

Hatte man es nicht geschafft, konnte man in drei verschiedene Phasen rutschen. Phase eins bedeutete, dass man sich frei in der Klinik und auf dem Klinikgelände bewegen, aber diesen Bereich nicht verlassen durfte. War man bereits in der ersten Phase und schaffte es dann wieder nicht zuzunehmen, rutschte man in Phase zwei, was bedeutete, dass man nicht mehr nach draußen, sich also nur noch innerhalb der Klinik aufhalten durfte. In der dritten Phase schließlich durfte man seine Station nicht mehr verlassen, nur zu den Mahlzeiten durfte man runter in den Speisesaal gehen.

Für mich war das eine so schreckliche Vorstellung, eingesperrt zu sein, denn draußen war ein so wunderbarer Sommer. Doch das schien nicht allen so wichtig wie mir zu sein. Mit der Zeit bekam ich die verschiedensten Geschichten zu Ohren, wie einige der Mädchen versuchten, die Waage zu betrügen, zum Beispiel indem sie vor dem Wiegen Unmengen an Wasser tranken. Die Verlockung war wirklich groß, den gleichen Mist zu machen, doch ich schaffte es zu widerstehen.

Man hatte errechnet, dass mein Mindestgewicht bei 57 Kilo lag. Das war die unterste Grenze, was darunter lag, galt schon als untergewichtig. 57 Kilo waren in meinen Augen unmöglich zu schaffen. Das hieße, ich müsste noch 11 Kilo zunehmen, und dann wäre ich bestimmt eine Tonne. Das schien mir viel zu viel zu sein. Ich hatte noch nie in meinem Leben so viel gewogen, nicht einmal 50 Kilo hatte ich jemals auf die Waage gebracht. Bestimmt würde ich schrecklich aussehen mit 57 Kilo, und das wollte ich nicht.

Diese Zahl machte mir große Angst, und ich wusste nicht, ob ich mich wirklich darauf einlassen wollte und konnte.

Eigentlich wollte ich nicht, aber nun war ich hier, und ich war noch niemals jemand gewesen, der Dinge gerne abbrach. Dafür war ich schon immer zu ehrgeizig. Was hatte ich schon zu verlieren? Den Weg zurück hätte ich schließlich immer wieder gehen können, den kannte ich ja nur zu gut, dazu brauchte ich keine Hilfe. Hier fühlte ich mich unbeobachtet, hier könnte ich es wagen und vielleicht herausfinden, ob dieser neue Weg nicht ein besserer sei. Hier hatte ich die Erlaubnis bekommen, einen neuen Weg einzuschlagen, eine Veränderung zu wagen. Hier gab es sogar Menschen, die mir dabei helfen würden, ein neues, vielleicht besseres Leben für mich zu finden. Alleine hatte ich es bereits ohne Erfolg versucht.

„Pass dich schnell an Veränderungen an! Je schneller du alten Käse sausen lässt, desto eher kannst du neuen Käse genießen. Verändere dich, folge dem Käse. Genieße die Veränderung. Koste das Abenteuer aus und lass dir den neuen Käse schmecken!"

(Spencer Johnson, Die Mäusestrategie für Manager)

Ich wollte es ausprobieren, zumindest so weit zu kommen wie möglich. Ich versuchte, mich zunächst von den Gedanken an die 57 Kilo zu lösen und immer nur den nächsten Schritt vor Augen zu haben, den nächsten Dienstag, die nächsten 700 Gramm.

8. Kapitel

Wenn du die ganze Straße kehren musst,
denke immer nur an den nächsten Besenstrich,
niemals an die ganze Straße.

(In Anlehnung an Beppo den Strassenkehrer in Michael Endes Roman Momo)

Damit wir ein Gefühl dafür bekamen, was und wie viel wir an einem Tag aßen, wurde uns empfohlen, Essensberichte zu führen. In eine Tabelle trug man nicht nur ein, was und wie viel man aß und trank, sondern auch die Gefühle und Gedanken, die man während des Essens oder danach hatte.

Zweimal pro Woche berichtete dann jeder in der Gruppe, wie bei ihm die Mahlzeiten in den letzten Tagen verlaufen waren. Wenn man mochte, konnte man dort auch seine Ängste oder Gefühle loswerden, die man sich notiert hatte. Vor allem wurde jedoch von der gesamten Gruppe beurteilt, ob es genug, also normal, oder zu wenig war, was man aß.

Ich empfand diese Art von Übung als sehr hilfreich für mich, denn ich hatte vollkommen verlernt, wie viel Essen eigentlich normal war, wie viel der Körper brauchte. Für mich gab es immer nur „zu viel gegessen“, nie zu wenig.

Außerdem steht das, was andere essen, ja auch normalerweise nicht zum öffentlichen Vergleich. Wer würde einem schon im Detail erzählen, was er tagtäglich so isst? Irgendwie redet man über solche Dinge in unserer Gesellschaft nicht besonders gerne. Zumindest beobachte ich das

Medizinisch-Psychosomatische
Klinik

Essprotokoll

Datum: 17. 6. Name: J.

49,3

Mahlzeit von ... bis	Situation/Anlass (wo, mit wem ...?)	Hunger (in %*)	Nahrungsmittel/Getränke (alles, was durch meinen Mund geht)	Sättigung (in %*)	EA/E BEA/BE**	Gefühle	Gedanken	Aktivitäten vor/nach dem Essen
17. 6. 17 = h	Speisesaal mit meiner Zimmerpart.	20 %	gemischter Teller Salat mit Joghurtdressing, 3 Gläser Saft, 2 Kännchen Tee	100 %	/	Positiv, gutes Gefühl im Bauch	was nicht zu viel – erlaubt jedoch Aktivität unbed. nötig	vor d. E Spaziergang ca. 1 St. nach dem E. Sauna
18. 6. 7:30	Speisesaal " "	10 %	7–8 Löffel Körner + Müsli getro. u. frische Pflaumen, Joghurt + Quark, 1 Tasse Kaffee, 2 Gläser Saft	100 %	/	ziemlich voll aber nicht unwohl	Angst vor dem Mittagess. schon in wenigen Stund.	nach d. E Visite Neuvorstellung Briefe schr.
12:00	" mit anderen von der Station	20 %	Teller Salat mit Dressing, 3/4 Apfel, Reisrisotto ca. vier Löffel, 3 Gl Wasser	90 %	/	nicht ganz satt aber trotz ein schlechtes Gewissen weg. dem Reis		2 Stunden Spaziergang
18:00	" "	40 %	1 Brot mit Butter/Brotaufstr. und Käse, Käse extra danach, kl. Salatteller, 2 Gl. Buttermilch	100 %	/	sehr voll etw. unwohl aber nicht schlecht	unbedingt Bewegung am liebsten Sport	langer Spaziergang
Neben den Flüssigkeiten zum Essen ca. drei Liter Wasser extra								
19. 6 7:30	"	10 %	6–7 Löffel Müsli + Körner getrocken. Pflaum. ein Löffel, ein Löffel Kirschen, Joghurt + Quark, Kännchen Kakao, 4 Gläser Saft	100 %	/	Eigentl. hatte ich keinen Hunger deswegen Angst vor schlecht. Gewissen ist aber nicht eingetret.		halbe St. Schwimmen

* Bitte geben Sie Ihr Hunger- und Sättigungsgefühl in % an: 0 % = minimaler Hunger/Sättigung; 100 % = maximaler Hunger/Sättigung
** EA = Essanfall, E = Erbrechen, BEA = Bedürfnis nach Essanfall, BE = Bedürfnis nach Erbrechen

in meinem Umfeld. Mir fällt auf, dass dickere Menschen häufig sagen, sie würden total wenig oder fast gar nichts essen, während dünne Menschen oft erzählen, wie viel sie doch essen könnten, ohne auch nur etwas zuzunehmen. Irgendwie kann doch beides nicht so richtig stimmen.

Ich habe auch das Gefühl, dass viele Menschen in Gesellschaft ein anderes Essverhalten, nämlich das der jeweiligen Gruppe, annehmen als das, was sie allein hegen oder in ihrer gewohnten Umgebung. Besonders unter Frauen wird ständig verglichen: Was isst sie, wie viel hat sie heute mehr gegessen als ich? Wenn man zum Beispiel einen ganzen Tag lang mit seinen Freundinnen unterwegs ist oder womöglich noch ein Wochenende zusammen verbringt, dann gibt es doch höchst selten eine, die hinsichtlich der Essgewohnheiten der Gruppe aus der Reihe tanzt. Auch wenn sich alle denken können, dass vielleicht die eine oder andere öfter mal über die Stränge schlagen muss bei ihrer Figur. Auf einmal bestellt auch sie nur einen Salat und nicht mal ein Dessert, denn alle essen heute „nur etwas Kleines", und zum Nachtisch gibt es lieber nur einen Kaffee.

Für mich war genau das oft ein Riesenproblem. Ich habe es häufig erlebt, dass sich andere an mein Essverhalten versuchten anzupassen und mir somit mein Essverhalten gar nicht so unnormal erschien.

Genau so tabu scheint es, offen über sein Körpergewicht zu reden. Woher soll man wissen, was für ein Gewicht normal ist, wenn man nicht danach fragen darf? Ich habe es ab und zu versucht, mit Freunden darüber zu reden, aber anscheinend besitzt in meinem Freundeskreis niemand eine Waage. So behaupteten es zumindest die meisten. Natürlich hätte ich im Internet recherchieren können, welches Gewicht das richtige für mich ist, aber das wären sowieso nur unvorstellbare, böse Zahlen für mich gewesen. Viel hilfreicher wäre es gewesen, von einer Frau mit einer tollen, „normalen" Figur zu erfahren, was sie wiegt, um vielleicht irgendwann die Angst, mit mehr Gewicht fett auszusehen, zu verlieren.

Hier, in dieser Gruppe, war der Vergleich möglich. Auch wenn die Maßstäbe natürlich nicht gerade ideal waren, da ja keines von den Mädchen eine normale Esserin war – außer der Ernährungsberaterin vielleicht –, half es mir sehr zu hören, was die anderen aßen. Ich konnte so zum Beispiel bei Mädchen, die schon länger da waren, sehen, ob ich wirklich zu viel oder mehr als die anderen aß, so wie es mir immerzu mein Gefühl sagte.

Zu Anfang hatte ich häufig ein schlechtes Gewissen, wenn ich mehr gegessen hatte als andere in der Gruppe, doch später empfand ich manchmal sogar Stolz, wenn ich merkte, dass ich schon etwas weiter war als die anderen.

Auf die schwarze Liste kamen Dinge, die zu essen man absolut mied, da sie einem große Angst oder ein schlechtes Gefühl bereiteten. Es galt, diese Liste immer mehr abzubauen, sich also immer mehr an die Lebensmittel auf der schwarzen Liste heranzutrauen und sie immer mal wieder auszuprobieren, um sich wieder an sie zu gewöhnen.

Das war nicht einfach für mich, denn einige dieser Lebensmittel hatte ich seit Jahren nicht mehr gegessen und konnte mich auch jetzt nur schwer dazu überwinden. Nicht weil ich sie nicht mochte, sondern weil ich entweder Angst hatte, ihnen nicht mehr widerstehen zu können, wenn ich sie erst einmal wieder probierte, oder weil ich wusste, dass ich das negative Gefühl, das sie verursachten – zum Beispiel aufgrund des enthaltenen Zuckers, des Kohlenhydrat- oder des Fettgehaltes –, nicht hätte aushalten können.

Name: Datum: 18.06 Code-Nr.:

„SCHWARZE LISTE"

Notieren Sie in dieser Liste Ihre sogenannten „erlaubten" und „verbotenen" Nahrungsmittel. „Erlaubte" sind diejenigen Nahrungsmittel, die Sie sich erlauben zu essen ohne sie danach wieder zu erbrechen. „Verbotene" sind diejenigen Nahrungsmittel, von denen sie der Meinung sind, daß Sie sie eigentlich nicht essen sollten (z.B. weil sie zu viele Kalorien haben oder Ihrer Ansicht nach „ungesund" sind). „Verbotene" Nahrungsmittel werden häufig wieder erbrochen.

„Erlaubte" Nahrungsmittel	„Verbotene" Nahrungsmittel
	Fleisch
	Wurst
	Brot
	Nudeln
	Kartoffeln
	Suppen
	Saucen
	Reis
	Fisch
6.7. Gemüse gekocht ←	Gemüse gekocht
20.6 Gemüse roh ♡ ←	Gemüse roh
	Schokolade
	Süßigkeiten / Chips
19.6: Müsli ←	Müsli
	Pudding
18.6. Salat. Dressing ←	Salat / Dressing
←	Käse
17.6 Quark	
17.6 Joghurt	
17.6 Obst (Alles) (☺)	

Bei mir standen zum einen Lebensmittel auf der schwarzen Liste, die lebensnotwendig waren und die ich unbedingt wieder mit positiven Gefühlen zu essen lernen musste, wie etwa Brot, Kartoffeln, Nudeln und Fleisch, aber es gab auch Dinge, die nicht lebensnotwendig waren, wie zum Beispiel Chips oder Süßigkeiten. Diese durften erst einmal auf der Liste stehen bleiben. Diese Liste sowie die Vorsätze, was man in der nächsten Woche von ihr versuchen wollte wieder zu essen, wurden auch in der Gruppe besprochen.

Ich schaffte in meiner Klinikzeit, einiges davon abzuarbeiten, jedoch leider längst nicht alles.

Für die Nahrungsaufnahme war man sonst, wie gesagt, selbst verantwortlich. Wenn man jedoch das Gefühl hatte, gar nicht von selbst voranzukommen, konnte man sich ein bis zwei Wochen einer Gruppe anschließen, in der man von einem Psychologen direkt bei den Mahlzeiten betreut wurde. Mädchen, die sich in der dritten Phase befanden, mussten, soviel ich weiß, sogar in dieser Gruppe essen.

Ich selbst war auch freiwillig zwei Wochen in dieser Gruppe, da ich es sonst nicht geschafft hätte, auch wieder warme Speisen zu mir zu nehmen, denn diese bereiteten mir immer noch den größten Stress. Außerdem hatte ich immer noch kein Gefühl dafür, wie groß eine normale Portion war.

Diese Gruppe half mir insofern, dass es mich fast wütend machte, wie angewidert einige Mädchen dort in ihren Erbsen herumstocherten und das Essen von links nach rechts auf ihren Tellern herumschoben, jedoch nicht in ihren Mund beförderten.

Für mich war es bestimmt genauso schwer wie für die anderen, den Teller aufzuessen, doch wollte ich mich in diesem Moment einfach nicht in die negativen Gefühle hineinsteigern. Später versuchte ich, das Essen sogar zu genießen. Hier hatte ich schließlich die Erlaubnis, den ganzen Teller aufzuessen. Ich versuchte, mich damit zu beruhigen, dass ich nicht nur die Erlaubnis vom Psychologen hatte, sondern es sogar *musste*, ich musste den Teller aufessen.

Diese Argumente machten es mir viel leichter zu essen, denn ich tat es anfangs nicht von mir aus oder aus einem Verlangen heraus.

Einen wirklichen Grund, sich zu ekeln, gab es eigentlich für niemanden, denn es war wirklich gutes Essen. Auch war keines der Mädchen in meiner Gruppe so körperlich krank, dass sie das Essen nicht mehr auf normalem Wege hätten aufnehmen können, weil sie etwa von einem Magen-Darm-Verschluss oder Ähnlichem betroffen war, was ja nicht selten vorkommt bei Magersucht.

Meiner Meinung nach war es daher alles eine Frage des Wollens oder Nicht-Wollens, es war ein Prozess, der sich zum größten Teil im Kopf abspielte. Und einige, so schien es, wollten nicht einmal versuchen, sich wieder ans Essen zu gewöhnen. Das konnte ich nicht verstehen. Warum waren sie dann hier und nahmen anderen Mädchen einen Platz weg, die es wirklich versuchen wollten? Sie schienen noch längst nicht bereit für eine Veränderung zu sein.

Das Essen in mir zu spüren und das Völlegefühl zu ertragen quälte mich bestimmt nicht weniger als die anderen, aber ich versuchte, es irgendwie auszuhalten. Anfangs entwickelte ich Strategien, um mich nach dem Essen abzulenken. Ich ging spazieren, unter die Dusche, malte oder schrieb Tagebuch, bis das Essen verdaut war. So versuchte ich, gegen die negativen Gedanken anzukämpfen.

Mit der Zeit ließ der Druck nach, das starke Unwohlbefinden nach dem Essen nahm ab. Es war nicht weg, aber es wurde, wenn auch in ganz kleinen Schritten, weniger. Langsam schien mein Körper sich wieder an das Essen zu gewöhnen.

Ein größeres Stück Arbeit war es, den Kopf wieder an das Essen zu gewöhnen. Und dafür musste man sich schon auf die Dinge einlassen, die einem hier vorgeschlagen und angeboten wurden. Und um sich darauf einlassen zu können, musste man wirklich etwas verändern wollen, und zwar von sich aus, nicht weil andere einen dazu gedrängt hatten.

Dieser Weg musste absolut eigenständig gewählt werden, sonst konnte man sich nur ganz schwer darauf einlassen. Und um diesen Weg einzuschlagen, ihn zu wählen, musste man wahrscheinlich schon einen mehr oder weniger langen Leidensweg hinter sich haben. Man musste bereits ein Stück an Lebensqualität verloren haben, damit man bereit und dankbar wurde für jede entgegengestreckte Hand, die einen wieder zurück in ein lebenswerteres Leben holte.

So waren die Mädchen aus ganz verschiedenen Anlässen hergekommen, nicht immer nur aus eigenen Beweggründen. Einige hatten so sehr gehungert, dass sie im Krankenhaus künstlich ernährt worden waren. Sobald sie außer Lebensgefahr waren, wurden sie oft anschließend hierher überwiesen, so wie es der Arzt damals im Krankenhaus auch mir vorgeschlagen hatte. Einige Mädchen hatten bereits lange Aufenthalte in anderen Kliniken hinter sich, jedoch bis jetzt ohne viel Erfolg. Es gab Mädchen, die hatten wie ich eine ewig lange Geschichte mit ihrer Essstörung hinter sich, aber manche litten auch erst seit Kurzem darunter. Oder aber auch sie hatten das Problem schon ganz lange, aber konnten es erst seit Kurzem so benennen.

Dann wiederum gab es natürlich auch Mädchen, die, obwohl sie hier in der Klinik und ganz offensichtlich zu dünn waren, fest davon überzeugt waren, kein Problem mit dem Essen zu haben. Diese Mädchen hatten es hier, glaube ich, am schwersten. Sie waren einfach noch nicht so weit. Ich weiß ja selbst, wie man in diesem Stadium denkt und wie schlecht man in ihm Hilfe annehmen kann und will. Das soll allerdings auf keinen Fall heißen, dass man eben am besten so lange, wie man will, weiterhungert, bis man endlich in ein Stadium kommt, in dem man fähig ist, Hilfe anzunehmen. Auf dieses Stadium warten nämlich einige vielleicht vergeblich.

Ich meine nur, dass ein solches Therapieprogramm in einer Klinik einfach noch ein viel größeres Stück Arbeit ist, wenn man meint, keine Hilfe zu brauchen.

Es war sehr spannend und wichtig für mich, mir die verschiedenen Lebensgeschichten der Mädchen anzuhören und zu erfahren, wie es ihnen mit der Essstörung erging. Natürlich redeten nicht alle offen darüber, doch viele verloren im Laufe ihres Aufenthaltes immer mehr die Scheu. Mir selbst tat es sehr gut, darüber zu reden. Viel zu lange hatte ich alles geheim gehalten. Vor den Mädchen hier hatte ich das Gefühl, nichts mehr verstecken zu müssen, schließlich ging es ihnen allen ganz ähnlich wie mir. Ich spürte, dass die Mädchen, mit denen ich hier sprach, mir wirklich zuhörten, und vor allem, dass sie meine Gefühle und Gedanken nachvollziehen konnten.

Gegenüber meinen Freunden zu Hause und gegenüber der Familie hielt ich mich nach wie vor sehr zurück mit dem, was ich erzählte, so weit war ich längst noch nicht. Obwohl ich viel Besuch bekam und weiterhin Kontakt hatte zu allen, konnte ich nur Fabian wirklich in alles einweihen. Ihm konnte ich alles anvertrauen, was in der Klinik passierte. Sonst war das absolut mein Bereich, in den ich keinen eindringen ließ.

Eigentlich hätte es ja komisch sein müssen, sich gegenüber Fremden, also den anderen Mädchen in der Klinik, so zu öffnen, aber irgendwie war es das nicht. Wir wussten alle so viel voneinander, da wir eine sehr intensive Zeit miteinander verbrachten.

Neben den Essensgruppen gab es nämlich auch noch Gruppentherapie, Progressive Muskelentspannung, Koch- und Ernährungskurse für alle zusammen. Man verbrachte also fast den ganzen Tag miteinander. Sogar in unserer freien Zeit waren wir oft noch zusammen und führten lange Gespräche. Man konnte allein sein, wenn man es brauchte, aber man hatte auch immer die Möglichkeit, sich Anschluss zu suchen, wenn man sich einsam fühlte, was, glaube ich, den meisten sehr guttat.

Neben den verschiedenen Therapiemaßnahmen in der Gruppe hatte jeder zusätzlich Einzeltherapiestunden mit einer Psychologin oder einem Psychologen, die oder der einen die ganze Aufenthaltszeit über betreute.

Es war wirklich eine sehr anstrengende Zeit, denn man war fast den ganzen Tag in einer sehr intensiven Auseinandersetzung mit sich selbst, was sehr viel Kraft kostete. Und wenn der Körper ohnehin noch sehr geschwächt war aufgrund des niedrigen Gewichtes, war es natürlich doppelt so anstrengend. Daher wird wohl auch von den meisten Kliniken ein bestimmtes Mindestgewicht vorausgesetzt, um überhaupt an solch einem Therapieprogramm teilnehmen zu können. Ich bin keine Medizinerin, aber mir wurde erklärt, dass ein bestimmtes Gewicht nötig sei, um überhaupt erfolgreich therapieren zu können. Unter einem bestimmten Gewicht sei die eigene Wahrnehmung so verschoben, und die Patienten seien so sehr in ihrer eigenen Welt gefangen, dass es unglaublich schwierig sei, überhaupt an sie ranzukommen. Diese Sichtweise würde zumindest auch in meinem Fall erklären, warum frühere Therapieansätze bei mir überhaupt nichts bewirkt hatten.

Ich selbst kann mich an Phasen erinnern, in denen mein Gewicht sehr niedrig war (ca. bei 40 Kilo) und ich völlig abwesend in meiner eigenen Welt lebte. Ich war vollkommen unkonzentriert, konnte und wollte nichts aufnehmen, war gefangen von Zwängen und einer Gedankenwelt, in der sich alles nur ums Nicht-Essen, ums Abnehmen und ums Sportmachen drehte. Je dünner ich wurde, desto unsicherer wurde ich zudem bei allem, was ich tat, umso mehr Gedanken machte ich mir um alles und desto größere Ängste hatte ich. Es gab Zeiten, in denen ich alles anzweifelte und jedes Wort auf die Goldwaage legte. Ich konnte niemandem richtig vertrauen und fühlte mich ständig hintergangen. Es war ein ständig schwankender Zustand zwischen vollkommener Betäubung, also vollkommener Gefühllosigkeit, auf der einen Seite und negativer Gefühlsüberflutung auf der anderen Seite.

Natürlich war es auch der Ort und das Umfeld hier, die mir Sicherheit gaben, aber es war auch mein Gewicht. Je mehr ich an Gewicht zunahm, desto besser schaffte ich es, mich gedanklich zu entspannen, und desto geringer wurden all meine Zweifel und Sorgen. Das merkte ich natürlich nicht gleich bei den ersten Kilos. Es mussten schon einige Kilos drauf, um diese wachsende Gelassenheit selbst zu spüren.

Im Nachhinein scheint mir, je dünner man ist, desto besessener wird man davon, noch dünner werden zu wollen, und desto weniger lässt man andere an sich heran, vor allem nicht Menschen, die einen davon abbringen wollen, weiter zu hungern.

Ganz erschreckende Verhaltensweisen habe ich später in der Klinik an einigen Mädchen entdeckt, die sehr, sehr dünn waren. Zu dem Zeitpunkt hatte ich bereits wieder einen Blick dafür gewonnen und konnte erkennen, wann jemand schrecklich dünn war, und fand es zum Glück auch bei anderen nicht mehr schön.

Ein Mädchen von unserer Station war so dünn und so schwach, dass sie phasenweise mitten im Gespräch lange Pausen machte und vollkommen weggetreten wirkte. Manchmal erschien es mir auch sehr wirr, was sie von sich gab, wenn sie etwas sagte. Niemand konnte einen Zugang zu ihr finden, niemandem vertraute sie sich an. Ich glaube, sie war in meinem Alter und hatte bereits eine lange Krankenhausgeschichte hinter sich. Ich hatte das Gefühl, es gab nichts anderes in ihrem Leben als die Krankenhausaufenthalte, über die sie berichten konnte. Sie hatte noch nichts Weiteres gemacht aus ihrem Leben und auch keine Pläne für die Zukunft.

Sie hatte eine ganz leise, piepsige Stimme, und allein schon das Sprechen schien sie schrecklich anzustrengen. Auf ihrem ganzen Körper hatte sich ein kleiner Flaum an Haaren gebildet, somit hatte sie auch im Gesicht überall Haare. Bei starker Unterernährung ist diese wohl ein körpereigener Schutz vor Unterkühlung.

Es war unmöglich, sie zu überreden, dass sie endlich wieder anfangen müsse zu essen. Sie war schließlich fest davon überzeugt, dass sie ganz normal aß. Ich habe sie jedoch niemals mit uns essen sehen, immer nur mit einer Thermoskanne in der Hand, in der sie ihren selbst gebrühten Ingwertee aufbewahrte. Sie war nur wenige Tage auf unserer Station. Sie wurde verlegt in ein anderes Krankenhaus, da sie künstlich ernährt werden musste. Ich habe sie nie wieder gesehen.

Für mich war es damals sehr schrecklich und auch prägend, jemanden in solch einer lebensbedrohlichen Situation zu sehen. Leider konnte keiner von uns diesem Mädchen helfen, denn wir waren alle hier, um uns selbst zu retten. Doch an dieser Begegnung merkte ich selbst, wie weit ich schon gekommen war, und konnte wieder versuchen, ein wenig stolz auf mich zu sein.

Die eigenen Fortschritte selbst zu sehen war für mich nicht einfach. Und schon gar nicht, sie als positiv zu betrachten.

Natürlich sah ich sie auf der Waage jeden Dienstagmorgen, wenn ich es wieder geschafft hatte, die 700 Gramm zuzunehmen, und ich merkte sie an meiner Kleidung (mir passten keine Kindergrößen mehr), aber in mir drinnen, in meinem Kopf und meinen Gedanken merkte ich nur ganz langsam kleine Veränderungen. Und körperlich empfand ich sie gar nicht als positiv. Ich hatte nicht das Gefühl, dass mir das gewonnene Gewicht mehr Energie und Kraft verlieh, sondern mich eher noch schlapper und müder machte. Vielleicht konnte jedoch auch schon dieses Zulassen von Müdigkeit, Schlappheit und Traurigkeit in meinem Fall als ein kleiner Erfolg gesehen werden, denn erstens konnte ich endlich wieder schlafen, und zwar die ganze Nacht, und zweitens hatte es Schlappheit und Schlecht-drauf-sein bei mir vorher, zumindest öffentlich, nie gegeben. Zu Hause hatte ich immer nur unter Strom gestanden und war nie vor anderen krank.

Hier erkannte ich nun mit zunehmendem Gewicht, wie krank ich wirklich war und wie schlecht es mir ging. Ich hatte das Gefühl, alles, was ich immer verdrängt hatte, endlich zulassen zu dürfen und zu können. Es endlich rauszulassen, und, solange ich in dieser Klinik war, auch vor anderen nicht stark sein zu müssen, sondern mich darauf ausruhen zu können, zurzeit krank zu sein.

So bewusst wie heute waren mir die kleinen Veränderungen in der Klinik damals jedoch noch nicht. Ich war ziemlich ungeduldig mit mir und vielleicht auch ein bisschen zu ehrgeizig. Mein Wille war viel stärker als mein Geist und meine Seele. Auch wenn man es schafft, körperlich relativ konstante Erfolge zu erzielen, also stetig zuzunehmen, kann die Psyche noch ganz schön hinterherhinken. Sie braucht einfach viel, viel länger.

Ich wollte auf keinen Fall in eine Phase rutschen. Doch dann lag die böse 50-Kilo-Hürde vor mir, die mir zu groß, mächtig und schwer erschien, um sie überschreiten zu können. Diese Zahl machte mir unglaublich große Angst.

9. Kapitel

12,2 Kilo in 15 Wochen

Ich saß beim Frühstück mit den Mädchen meiner Station. Wir waren gerade fertig und noch mitten im Gespräch vertieft, als mir auf einmal erst flau im Magen wurde und schließlich übel. Um mich herum wurde es auf einmal ganz leise. Eben noch war der große Speisesaal voller Menschen, die alle durcheinandersprachen, doch nun waren die Stimmen verstummt, und es war dunkel um mich herum, stockdunkel, ich fragte mich, wie das sein konnte. Jemand schien mich zu würgen, mir die Luft abzuschnüren, wer war das?

Auf einmal rief mich jemand aus weiter Ferne, vielleicht waren es auch mehrere. Die Stimmen kamen näher und wurden immer lauter, fast unerträglich laut. Jetzt schlug mir jemand ins Gesicht, ich bekam immer noch keine Luft, weit weg sah ich ein Licht, das sich ausbreitete, bis es wieder ganz hell um mich herum wurde.

Ich saß immer noch auf meinem Stuhl im Speisesaal, doch alle anderen standen um mich herum, keiner saß mehr. Zwei hielten mich sogar fest. Mir war immer noch sehr schlecht, so schlecht, dass ich mich übergeben musste. Mir tat alles weh, und meine Hose fühlte sich warm und nass an.

Ich wusste immer noch nicht so recht, was passiert war, aber mir wurde die ganze Situation auf einmal schrecklich peinlich. Als ich meine Kotze auf dem Boden sah und bemerkte, dass ich mir in die Hose gemacht hatte, schämte ich mich so sehr, dass ich meine Tränen einfach nicht mehr zurückhalten konnte.

Die Mädchen schauten mich alle völlig entsetzt an, eine hatte meine Tasche in der Hand, die andere mein Kuschelschaf „Manni“, was wollten sie damit?

Ich wurde verlegt in ein anderes Krankenhaus. Hier wollte man mich erst einmal zur Beobachtung behalten und verschiedene Untersuchungen durchführen, bevor ich wieder zurück in die psychosomatische Klinik durfte.

Man vermutete, dass ich einen epileptischen Anfall hatte, konnte es aber nicht mit absoluter Sicherheit sagen, bevor die Untersuchungen nicht abgeschlossen waren.

Ich war absolut durcheinander und muss wie ein Häufchen Elend ausgesehen haben, als mich die Krankenschwester aus dem Untersuchungszimmer auf meine neue Station bringen wollte. Denn Fabian, der schon einige Zeit vor der Tür auf mich gewartet haben musste, konnte seine Tränen nicht verbergen, als er mich sah.

Ich freute mich so sehr, ihn zu sehen. Die Klinik musste ihn sofort angerufen und benachrichtigt haben, und er hatte sich gleich von der Arbeit aus auf den Weg zu mir gemacht. Ich hatte so viel Glück mit diesem Mann. Doch wie viele Sorgen ich ihm bereitete! Ich fragte mich, wie lange er das wohl noch mit mir mitmachen würde. Noch nie hatte er sich beklagt oder mir Vorwürfe gemacht, selber zu kurz zu kommen, und er hätte allen Grund dafür gehabt. Schließlich war ich in einer für ihn so wichtigen Zeit nicht an seiner Seite. Er hatte sein Studium beendet und einen tollen Job als Ingenieur bei einer großen Firma begonnen, und ich konnte das alles nicht richtig mit ihm teilen. Nicht einmal den Rücken stärken konnte ich ihm, ich war eigentlich nur zusätzlich noch eine Belastung für ihn.

Er schloss mich in seine Arme und drückte mich fest an sich. Ich hatte das Gefühl, in Sicherheit zu sein.

Nie zuvor hatte ich in solch einem Ausmaß so etwas erlebt. Schwindelig und schwarz vor Augen war mir öfter schon geworden, besonders in Zeiten, in denen mein Gewicht sehr niedrig war. Aber so richtig lange das Bewusstsein verloren hatte ich noch nie. Besonders jetzt, wo ich schon fast fünf Kilo an Gewicht zugenommen hatte, kam es mir wirklich komisch vor, dass so etwas passieren konnte, und es bereitete mir große Sorgen.

Dass es sich um einen epileptischen Anfall gehandelt hatte, konnte man auch nach den Untersuchungen nicht zu 100 Prozent bestätigen. Es hatte einige Anzeichen dafür gegeben, wie zum Beispiel das Krampfen, während ich bewusstlos war, und die Muskelschmerzen danach sowie das Einnässen und ein leicht erhöhter Wert im Blut, wie man ihn besonders nach solchen Anfällen finden konnte. Doch war dieser Wert nicht so hoch, wie man ihn normalerweise hätte erwarten müssen.

Bei einer Kernspintomografie hatte man jedoch kleine Narben in meinem Gehirn gefunden, die, so sagte man mir, auch Verursacher für solch einen Krampfanfall sein könnten. Man erklärte mir, dass solche Narben öfter schon bei Patienten mit einer Anorexie gefunden worden waren. In den meisten Fällen hatte der Körper angefangen, an diesen Stellen körpereigenes Eiweiß abzubauen, um den starken Mangel daran auszugleichen. Ich konnte kaum glauben, was ich da hörte und was ich mir selbst angetan hatte. Diese Narben im Gehirn hatte ich tatsächlich nur mir selbst zu verdanken.

Nach fünf Tagen kam ich wieder zurück in die psychosomatische Klinik. Das erste Mal schaffte ich die

700-Gramm-Gewichtzunahme nicht und kam in die erste Phase. Dieser Zwischenfall hatte mich viel Kraft gekostet, und es war mir unglaublich schwergefallen, in dem anderen Krankenhaus wie bisher weiterzuessen. Ich hatte es fast ein wenig ausgenutzt und es einmal wieder genossen, nicht so viel essen zu müssen, ohne dabei an die Konsequenzen zu denken. Es schien, als hätte ich es fast ein wenig vermisst, dieses leere Gefühl in mir.

Die Phase holte mich zurück in die Realität, und ich schämte mich vor mir selbst. Vielleicht war es zum allerersten Mal sogar etwas Wut, was ich jetzt spürte. Wut auf diese Verführung zu hungern, die anscheinend immer noch so viel Macht über mich hatte, dass mich nicht einmal solch eine schreckliche Nachricht wach rüttelte und endlich damit aufhören ließ, mich selbst zu zerstören. Und neben der Wut Angst. Angst davor, es alleine zu Hause niemals umsetzen zu können, was ich hier gelernt hatte. Ich hatte mich überschätzt, mich schon als viel weiter eingeschätzt, als ich in Wirklichkeit war. Ich hatte es mir alles viel zu einfach vorgestellt. Nun hatte ich es am eigenen Leibe erfahren, wie es draußen sein würde. Ich war noch längst nicht gesund. Ich konnte mir immer noch nicht selber trauen.

Die Phase, die mir verbat, das Klinikgelände zu verlassen, machte es mir mit dem Essen nicht gerade leichter. Ich durfte nicht mehr nach draußen, und das hieß, dass ich mich viel weniger bewegen konnte als vorher.

Ich konnte keine langen Spaziergänge mehr machen und auch nicht mehr Joggen gehen. Eigentlich sollten wir ohnehin keinen Sport machen, doch daran hielten sich die wenigsten. Die meisten gingen mindestens einmal am Tag joggen, doch fast alle hielten es voreinander geheim.

Vielleicht war es einfach viel zu schwer, alle Zwänge auf einmal zu bearbeiten. Somit sagten sich die anderen wahrscheinlich ähnlich wie ich, dass sie hier zunächst den Schwerpunkt darauf legten, wieder essen zu lernen, und sich mit dem Zwang, Sport zu machen, später beschäftigen wollten.

Dass das Sportmachen bei mir ein richtiger Zwang war, dass ich richtig süchtig danach war, mich und meinen Körper zu verausgaben, erkannte ich allerdings auch erst so richtig, als mir diese Möglichkeit durch die Phase genommen wurde. Es war zwar nicht mehr so, dass ich den Sport benutzte, um wieder abzunehmen, aber ich brauchte den Sport und die Bewegung, um mich wohler in meinem „neuen" Körper zu fühlen und um mir selbst die Angst zu nehmen, mit jedem Kilo dicker und unsportlicher auszusehen. Auch brauchte ich den Sport als Ersatz für den Hunger, der mir sonst so gut geholfen hatte, abzuschalten und zu vergessen. Und ich brauchte ihn, weil ich einfach süchtig war. Ich hatte mich daran gewöhnt, jeden Tag Sport zu machen. Es ist wie mit allen Sachen, an die man sich gewöhnt, und wenn man sie dann nicht mehr bekommt, tut es sehr weh und beunruhigt einen schrecklich.

Jetzt blieb mir also nur noch das kleine Schwimmbecken im Klinikkeller, um das schlechte Gewissen nach dem Essen wieder wegzubekommen und den Druck, der sich tagtäglich in mir anstaute, abzulassen. Doch dort machte es absolut keinen Spaß zu schwimmen, denn das Becken war viel zu klein und meistens zu voll, und wenn man Pech hatte, wurde man von einem der Psychologen dort gesehen und musste sich später dafür rechtfertigen, warum man wie ein Hamster in einem Laufrad durch das Becken jagte.

Das Schwimmen dort brachte mir also weder Wohlbefinden noch Entspannung, also begann ich mit Saunagängen am Nachmittag – im Hochsommer! Verrückt, aber es half und entspannte mich, und zu meinem Erstaunen war ich nicht die Einzige, die diese Idee hatte.

Mittlerweile waren fast zwei Monate vergangen, und ich gehörte auf der Station schon zum alten Eisen. Ich hatte bereits die zweite Zimmernachbarin, und auch diese würde bald abgelöst. Mir fehlten immer noch fast fünf Kilogramm zu meinem Mindestgewicht, und das obwohl ich mich schon zu einer der am gesündesten Aussehenden zählte. Ich hatte die 50-Kilo-Hürde gepackt, aber von nun an lief es immer zäher und schwieriger mit dem Zunehmen. Vielleicht spielte auch Angst eine Rolle, bald auf eigenen Füßen stehen und bestehen zu müssen.

All die lieben Mädchen, die ich kennengelernt hatte, verabschiedeten sich nacheinander, und es kamen wieder neue, oft sehr dünne Mädchen dazu, die noch ganz am Anfang des Weges standen, den ich bereits gegangen war. Doch vielleicht war es genau das, was mir Kraft gab auf den letzten Metern und mir zeigte, dass auch meine Zeit in dieser Klinik nicht für die Ewigkeit sein konnte.

Am Anfang hätte ich mir so eine Entwicklung niemals vorstellen können. Ich hatte mich so unglaublich wohl an diesem Ort gefühlt, so behütet und beschützt wie schon lange nicht mehr. Manchmal fast wie ein Kind. Alles wurde für einen geregelt. Nicht einmal die Zimmer hatten wir selber putzen müssen. Nur für das Zunehmen war man selbst verantwortlich. Und das war für uns alle schon so viel Arbeit, dass wir wahrscheinlich gar keine

Kraft gehabt hätten, um uns noch um anderes zu kümmern.

Das hier war ganz allein mein Bereich. Wenn ich wollte, konnte ich Besuch empfangen, trotzdem ließ ich niemanden in diesen Bereich eindringen. Es schien, als wären feste Schutzmauern um mich herum, hinter denen ich mich absolut sicher und geborgen fühlte.

Wir durften niemand Fremden mit auf die Station nehmen und auch nicht in unsere Zimmer, dadurch war und behielt dieser Ort für mich immer etwas ganz Besonderes. Keiner konnte sich in diesen Bereich einmischen oder ihn gar für sich beanspruchen. Hier ging es um mich.

Das war, glaube ich, etwas ganz Entscheidendes, was ich hier wieder gelernt und erfahren hatte. Die Wichtigkeit eines eigenen Bereiches, von Grenzen, die andere ohne Erlaubnis nicht einfach überschreiten dürfen. Hier lernte ich, wie wichtig es war, diesen eigenen Bereich zu pflegen und zu schützen.

Zunächst war es natürlich ein konkreter räumlicher Bereich, der uns von der Klinik geschaffen wurde, doch mit der Zeit schaffte ich es, mir diesen Bereich selbst aufzubauen. Ohne dass ich dazu Wände brauchte, die ihn sicherten. Dieser Bereich war am Anfang ganz, ganz klein und noch sehr gefährdet von Zerstörung. Doch ich sah es zunehmend als meine Aufgabe, diesen Bereich selbst zu verteidigen und somit vielleicht sogar zu vergrößern.

Vielleicht kann man diesen Bereich Persönlichkeit nennen oder auch Selbstwertgefühl, Selbstbewusstsein.

Über diesen Bereich und alles, was ich hier gelernt und erlebt hatte, definierte ich mich nun. Vielleicht war er mir deshalb so heilig, denn vorher hatte ich mich nur noch über die Magersucht definiert und meine eigene Persönlichkeit total verloren.

Wenn man seine Persönlichkeit, sein Selbstwertgefühl verliert, hat man auch nichts mehr Eigenes. Aber wenn man sich einen eigenen Bereich schafft, findet man vielleicht auch wieder zu sich selbst.

Ich hatte das Gefühl, dabei auf dem richtigen Weg zu sein.

Ich wusste, ich war noch längst nicht am Ziel, aber ich hatte wieder mehr Vertrauen zu mir selbst gefunden und war mir sicher, dieses Ziel, mir einen eigenen Bereich zu schaffen, auf den ich stolz sein konnte, den ich pflegen wollte, in den niemand einfach so eindringen durfte und über den ich mich definieren konnte, auch außerhalb der Klinik nicht aus den Augen zu verlieren. Ich brauchte nun die Magersucht nicht mehr, um mich darüber zu definieren, und sie war nicht mehr mein einziger Lebensinhalt. Mir war bewusst geworden, dass sie mich und meinen eigenen Bereich nicht schützte, sondern eher schwächte. Sie gehörte noch zu mir, aber ich hatte entdeckt, dass es noch einiges mehr gab in meinem Leben, was ich gut konnte neben dem Hungern. Und ich hatte erkannt, dass ich zu all diesen Dingen aber nur fähig bin, wenn ich genügend Kraft habe. Ich sah nun selbst, dass das Leben keinen Spaß machen konnte und nicht besonders lebenswert war, wenn einem für alles die Kraft und Energie fehlte, denn ich hatte nun mit einem normalen Gewicht den besten Vergleich zu vorher.

Die Distanz zwischen mir und den neuen Mädchen wurde immer größer, und immer weniger mochte ich noch Kontakt zu ihnen aufnehmen, da ich Angst hatte, sie würden mir nicht guttun. Ich wollte mir das, was ich mir so mühsam aufgebaut hatte, nicht nehmen lassen und war noch nicht stabil und stark genug, um es mit anderen zu teilen.

Stabil war zu dieser Zeit nur mein Gewicht – mein Befinden, mein Inneres war es längst noch nicht. Ich stand kurz vor meinem Zielgewicht, doch das hieß noch lange nicht, dass ich mich damit wohlfühlte. In mir herrschte ein ständiges Auf und Ab. Ich fühlte mich wohl, dann wieder nicht. Ich empfand nicht mehr, dass ich eine von ihnen war, den anderen magersüchtigen Mädchen, und im nächsten Augenblick wollte ich wieder zu ihnen gehören, denn ich fühlte mich nach wie vor anders. Also: anders denkend und fühlend als mein Umfeld zu Hause, aber ähnlich denkend und fühlend wie die Mädchen hier. Vielleicht auch jetzt erst recht anders, aufgrund der Erfahrungen, Veränderungen und Erlebnisse, die ich in den letzten Monaten erlebt und durchlebt hatte. Schließlich gab es niemanden in meinem Freundes- oder Bekanntenkreis, der bereits eine Therapie in einer psychosomatischen Klinik hinter sich hatte, oder zumindest niemanden, der offen darüber sprach.

Ich fühlte mich gestärkt und war so gespannt auf ein gesundes Leben außerhalb der Klinik. Wiederum hatte ich große Angst, in der Welt da draußen nicht bestehen zu können und alles zu verlieren, was ich mir hier mühsam aufgebaut hatte. So viele Mädchen hatten mir von ihren Misserfolgen nach ihren Klinikaufenthalten erzählt. Viele schienen so hoffnungslos und fest davon überzeugt, niemals einen Weg aus der Essstörung heraus zu finden.

Sie sagten, zu Hause sei es so schwer, das alles, was man in der Klinik gelernt hatte, weiterhin umzusetzen. Doch ich wusste auch, dass viele von denen, die so sprachen, zu Hause, nach dem Klinikaufenthalt, keine wirklichen Ziele verfolgt hatten. Sie wussten nicht, was sie machen sollten, einen Beruf lernen oder ein Studium beginnen, sie hatten kaum Freunde und Hobbys, aber taten auch nichts, um Anschluss und Beschäftigung zu finden.

Ich hatte bereits viele Pläne geschmiedet für die Zeit nach der Klinik. Das gab mir ein wenig Zuversicht, vielleicht einen anderen, nicht so hoffnungslosen Weg einzuschlagen.

Auf der anderen Seite hatte auch ich bereits erfahren, wie schwer es draußen war – als ich zum Beispiel für einige Tage wegen meines Krampfanfalls verlegt worden war oder als mich Fabian am Wochenende für einen Tag abholte und wir den ganzen Tag lang zusammen verbrachten. Es war dann schon nicht einfach für mich gewesen, regelmäßig zu essen und alle Mahlzeiten einzuhalten, denn ich musste mir dann ja auch selbst überlegen, was und wo ich essen wollte, musste es vielleicht sogar selbst einkaufen und selbst zubereiten. Das lief alles noch nicht automatisch und kostete nach wie vor viel Zeit und vor allem Kraft. Ich konnte so etwas nach wie vor nicht schnell entscheiden. Wie schwer musste es dann erst im Alltag sein, und wie viel Zeit würde es wohl jeden Tag in Anspruch nehmen, meine Mahlzeiten zu planen, für sie einzukaufen, sie zuzubereiten und zu essen. In der Klinik füllte die Beschäftigung mit dem Essen den ganzen Tag aus, so konnte es ja nicht im Alltag laufen, und Fabian konnte dies auch nicht jeden Tag für mich übernehmen.

Ich hatte noch keine Vorstellung davon, wie das alles funktionieren sollte, doch ich wollte auch auf keinen Fall ein zweites oder drittes Mal wieder in eine Klinik, auch wenn mir die Zeit hier noch so gutgetan hatte. Ich hatte so viele Pläne und so viel vor und wollte meine Zeit nicht in verschiedenen Kliniken verlieren.

Ich freute mich auf meine Freunde und auf andere Gesprächsthemen, die sich nicht immer nur um Magersucht drehten, aber ich wusste auch, dass es nicht einfach werden würde, für mich in meinem Freundeskreis zu zeigen, dass ich nun nicht mehr die nur liebe Julia war, die immer für alle da war, für alle einen Rat hatte, die sich alles gefallen ließ und deren Zeit und Kraft man beliebig in Anspruch nehmen und rauben konnte. Ich wusste, dass ich diesen Stand, den ich hatte, ändern musste, denn zunächst würde ich meine Kraft für mich brauchen. Und ich wusste, dass ich mich von „Energiesaugern" und „Nur-An-Sich-Denkern" in Zukunft fernhalten musste. Aber ich wusste noch absolut nicht, wie ich das anstellen sollte. Ich hatte das Gefühl, diese Menschen magisch anzuziehen.

Noch schwerer würde es für mich innerhalb der Familie werden, zu zeigen, dass es Grenzen gab und meinen eigenen Bereich, in den keiner so einfach eindringen durfte. Meine Familie war Widerspruch, Kritik und das Wort „nein" von mir noch weniger gewohnt als mein Freundeskreis. Ich wusste nun, dass auf mich mit meiner Familie ein besonders schweres Stück Arbeit zukommen würde, das ich dringend in Angriff nehmen musste, wenn ich ganz gesund werden wollte. Wie sie mit mir umgingen, wie sie mich sahen und welche Muster sie mit mir oder ich mit ihnen lebte: Das war der Bereich, in dem die größte Veränderung stattfinden musste.

Das bereitete mir die größte Angst. In der Klinik hatte man mir geraten, zunächst Abstand zu all den Menschen zu nehmen, die mir nicht guttaten. Im Freundes- und Bekanntenkreis war diese Vorstellung nicht ganz so schwer, aber innerhalb der Familie wusste ich nicht, wie ich diesen Rat umsetzen sollte. Was auch immer geschehen war, wie kompliziert meine Familienverhältnisse und einzelne Mitglieder meiner Familie auch waren, ich hatte die meisten von ihnen trotzdem sehr lieb, und meine größte Angst war es schon immer, sie zu verlieren.

Diese Angst war so groß, dass ich mir alles gefallen lassen hatte, was sich nun ändern musste. Aber nicht, indem ich mich von ihnen ganz zurückzog, zumindest nicht von allen. Das konnte und wollte ich nicht.

Vielleicht beruhte meine große Angst davor, mich von einigen Menschen zu trennen, die mir nicht guttaten, auch immer noch auf der noch größeren Angst, mich zu Hause wieder allein zu fühlen. Dieses Gefühl der Einsamkeit hatte mich vor meinem Klinikaufenthalt so sehr belastet, ich konnte es kaum noch aushalten. Um nicht eines Tages einsam zu sein, hatte ich immer alles ertragen. Das Komische daran war nur: Ich war vor der Klinik nie einsam gewesen, habe mich aber immer so gefühlt.

Während meiner Zeit in der Klinik hatte dieses Gefühl zunehmend abgenommen. Ich hatte mich hier beschützt gefühlt, umsorgt, verstanden und wirklich äußerst selten nur noch allein. Hier, so kam es mir vor, ging es das erste Mal wirklich um mich und meine Bedürfnisse. Es war ja nicht so, dass ich mich nicht allein beschäftigen konnte, das tat ich sogar sehr gerne. Es war eher so, dass ich große Angst davor hatte, wieder spüren zu müssen, dass alle nur mit sich selbst beschäftigt waren und keiner sich so richtig für mich und meine Probleme interessierte.

Ich hatte es so oft erlebt, dass ich immer ein offenes Ohr und einen Rat für jeden und jedes Problem hatte, aber selbst mit meinen Sorgen und Ängsten häufig allein blieb. Ich interessierte mich so sehr für alle meine Freunde und meine Familie, machte mir viele Gedanken um sie und war immer daran bemüht, niemandem zur Last zu fallen oder zu viel einzufordern. Ich hatte immer gerne gegeben und immer gerne meine Hilfe angeboten, doch häufig nicht einmal ein Dankeschön, das wirklich von Herzen kam, dafür geerntet. Ich hatte immer das Gefühl, äußerst wenig zurückzubekommen für all das, was ich gab, was das Gefühl der Einsamkeit noch verstärkte. Ich musste erst lernen zu geben, ohne etwas dafür zurückzuerwarten. Dies ging jedoch nur, wenn ich wusste, wo meine eigene Grenze an Kraft, Zeit etc. war, und wenn ich diese respektierte. Ich musste erst lernen, dass es vollkommen in Ordnung war und nicht selbstsüchtig, wenn man nicht alles mit jedem teilen wollte, dass man bestimmte Dinge einfach für sich selbst behalten durfte. Erst dann konnte man, ohne sich selber zu gefährden und ohne etwas dafür zurückzuerwarten, Energie in andere investieren und seine Kraft anderen schenken.

Nach zwölf Wochen fehlten immer noch fast zwei Kilogramm bis zu den anvisierten 57. Es war, als wenn mein Körper sich weigerte. Vielleicht war es auch mein Kopf, der sich weigerte, über die bösen 55 Kilo hinauszugehen.

Wahrscheinlich war es beides, denn meine Portionen waren absolut normal, doch um weiter zuzunehmen hätte ich jetzt anfangen müssen, mehr als normal zu essen, ab und zu mal über die Stränge zu schlagen, mich richtig vollzufressen, vielleicht auch nur etwas mehr Süßes zwischendurch noch dazu. So weit war ich aber einfach noch nicht. Süßes und all die Sachen, die nicht gerade gesund sind wie etwa Chips, aß ich immer noch sehr kontrolliert. Ich empfand es selbst als nicht nötig, jetzt anzufangen zu fressen, nur um das Gewicht zu erreichen, das hier für mich als richtig vorgegeben wurde, und ich hatte immer noch große Angst vor dem Völlegefühl. Ich wusste immer genau, wann ich aufhören musste zu essen, um mich nicht zu voll, unerträglich voll, zu fühlen. Ich aß nie so viel, dass mir schlecht wurde, zu groß war immer noch die Angst, dass ich mich für dieses Überessen danach hätte bestrafen müssen.

Ich war nun schon so lange in der ersten Phase, weil ich immer langsamer zunahm. Selbst meine Therapeutin sagte, es könne sein, dass mein Idealgewicht wirklich bei 55 Kilo liege und nicht bei 57 Kilo. Jeder Körper sei anders, doch auch sie wollte, dass ich es zumindest einmal ausprobierte, wie es sich anfühlte mit 57 Kilo.

Ich weiß nicht, wie lange ich noch hätte bleiben müssen, um es auf ehrliche Weise zu schaffen. Das letzte Kilo erschummelte ich mir, indem auch ich das allererste Mal vorm Wiegen zur Wasserflasche griff.

Ich fühlte mich so schlecht dabei und schämte mich, vor allem vor mir selbst. Schließlich war ich hier, um zu lernen, mich endlich nicht mehr selbst zu belügen. Diese Aktion gab mir selbst das Gefühl, in den letzten Monaten nichts dazugelernt zu haben, daher beichtete ich es meiner Psychologin. Es schien, als hätte sie es bereits gewusst. Ich musste ihr nicht erklären, warum ich das getan hatte, sie wusste, dass es Zeit für mich war, nach Hause zu gehen.

Mit ehrlichen 56,2 Kilo verließ ich nach 15 Wochen die Klinik.

10. Kapitel

„Der einzige Ort, den du auf dieser Welt verändern kannst, ist der unter deinem Hut!“

Nach dem Klinikaufenthalt dachte ich, der größte Schritt Arbeit sei bereits getan. Heute weiß ich, dass ein noch viel größerer Schritt Arbeit erst vor mir lag.

Jeder Mensch hat seine eigene Geschichte, und für alle Krankheiten, ob seelisch oder körperlich, gibt es ganz individuelle Ursachen und Umstände, die bei jedem Menschen gleich ernst zu nehmen sind, schließlich haben diese Ursachen und Umstände diesen Menschen krank gemacht. In den meisten Fällen liegen die Ursachen so verborgen, dass es sehr viel Arbeit erfordert, sie aufzuspüren, sie zu erkennen und, vor allem, sie als Ursachen anzunehmen, sie sich einzugestehen und wahrhaben zu wollen.

Ich möchte an dieser Stelle nicht im Detail über die Ursachen und Umstände, die mich krank gemacht haben, berichten, da ich all das hier nicht schreibe mit der Absicht, andere anzuklagen oder für meine Magersucht verantwortlich zu machen. Außerdem gibt es in den meisten Fällen, und so auch in meinem, nicht die eine Ursache, sondern eher ein Bündel von Ereignissen, Vorfällen und Erfahrungen, die einen zu dem Menschen gemacht haben, der man ist. All diese hier aufzuführen würde wahrscheinlich nur vom Wesentlichen ablenken, vom Blick nach vorne und vom eigenen Verhalten.

Das Vergangene ist vergangen und kann nicht mehr verändert oder rückgängig gemacht werden, aber die Zukunft und sein zukünftiges Verhalten, das hat jeder Mensch selbst in der Hand, und jeder kann sofort damit beginnen, es zu verändern, sich zu verändern, wenn er nur möchte.

Ich glaube, dass es wichtig ist, seine Vergangenheit zu reflektieren, um in Zukunft etwas anders machen zu können oder zu verändern. Aber man sollte nicht an der Vergangenheit festhalten, vor allem nicht, wenn man in der Vergangenheit krank war oder die Vergangenheit einen krank gemacht hat und man in Zukunft gesund sein möchte.

In der Klinik, in der ich war, wurde natürlich auch versucht, den Ursachen für die Magersucht auf den Grund zu gehen, doch in erster Linie ging es darum, das eigene Verhalten, vor allem auch das Denkverhalten, in Zukunft zu ändern, um somit auch auf das Essverhalten einzuwirken. Das Konzept der Klinik entsprach eher einer Verhaltenstherapie als einer tiefenpsychologischen Therapie.

Das größte Problem, das einem begegnet, wenn man aus der Klinik kommt, ist nämlich, dass das Umfeld, in dem man lebt, immer noch das gleiche ist, dass alle Probleme, die man in diesem Umfeld hatte, nach wie vor bestehen, und dass auch die eigene Vergangenheit immer noch die gleiche ist.

Auch die Steinpalme hat es nicht geschafft, sich von der Last des Steines zu befreien. Sie konnte ihn nicht abwerfen, nicht einmal mit all ihrer Kraft. Sie musste die Last des Steines annehmen, lernen, mit ihm zu leben, daraus wuchs ihre Kraft.

Somit besteht die einzige Chance und die einzige Macht, die man selbst besitzt, um nach der Klinik in seinem Alltag zu bestehen, nur darin, sein eigenes Verhalten, seine Muster, Gewohnheiten und seine eigene Einstellung gegenüber seinem Leben, Umfeld und seiner Vergangenheit zu ändern, und das ist ein sehr hartes Stück Arbeit, ein Prozess, der nicht nach drei Monaten Klinik abgeschlossen ist, sondern über Jahre dauern kann und meiner Meinung nach kaum allein zu bewältigen ist.

Sein eigenes Verhalten zu ändern, damit meine ich nicht, sich einen neuen Charakter zuzulegen. Eine Kuh kann nicht zum Pferd werden. Ich meine, dass man sich mithilfe eines veränderten Verhaltens ein Leben – und vielleicht auch Menschen, die besser zu einem passen – zulegen muss.

Man kann, soviel man möchte, nach Gründen suchen, die einen krank gemacht haben, aber das allein nützt einem nichts, denn diese Gründe gehören entweder ohnehin schon längst der Vergangenheit an oder aber sie sind nach wie vor da, also nicht aus der Welt, wenn man aus der Klinik kommt. Ich meine damit zum Beispiel bestimmte Situationen, die in einem etwas auslösen, oder bestimmte Verhaltensweisen und Reaktionen von Personen, die einen immer wieder enttäuschen und traurig machen, und bestimmte Dinge, die immer wieder anders laufen, als man es sich eigentlich gewünscht hätte.

Ein ganz einfaches, für Außenstehende vielleicht fast banales Problem, wovon jedoch, wie ich weiß, einige Essgestörte betroffen sind, ist zu lernen, mit Komplimenten umzugehen:

Nach der Klinik hatte ich große Angst, von Freunden, meiner Familie oder Bekannten zu hören, wie gut ich jetzt aussehe. Ich wusste, sie meinten es alle nur nett, wollten mir vielleicht nur etwas Positives sagen oder mich aufbauen. Aber sie bewirkten damit das absolute Gegenteil. Vielleicht meinten einige ja nicht einmal mein Gewicht mit diesem Satz, sondern ein neues Kleidungsstück an mir, meine Frisur oder wie ich mich geschminkt hatte. Allein diese Zusatzinformation hätte mir schon so viel weitergeholfen, mich vielleicht beruhigt, mir nicht so große Angst gemacht.

Ich hatte es weiter oben schon erwähnt: Gut aussehen bedeutete für mich immer gleich, zu dick zu sein, nicht dünner als die anderen und somit auch nichts Besonderes mehr zu sein.

Somit hätte also dieser Satz sofort die Reaktion bei mir ausgelöst, wieder abnehmen zu wollen, mir vorzunehmen, in Zukunft wieder weniger zu essen. An dieser Reaktion von mir musste ich nun arbeiten, oder ich hätte allen Menschen in meinem Umfeld sagen müssen, dass sie diesen Satz nicht mehr zu mir sagen sollten. Somit hätte ich also von meinem gesamten Umfeld erwartet, sich für mich zu ändern und umzustellen.

Wenn einem Menschen sehr, sehr nahestehen, kann man vielleicht erwarten, dass sie gewisse Dinge berücksichtigen und an bestimmten Punkten auch an sich arbeiten. Obwohl, wirklich erwarten kann man das, glaube ich, von niemandem. Ich versuchte es trotzdem zum Beispiel bei meiner Familie. Doch es brachte nichts. Meine Großeltern sagen mir heute noch fast jedes Mal, wenn ich sie sehe, dass mir mein heutiges Gewicht so viel besser stehe als das, als ich so schrecklich dünn war. An guten Tagen setzen sie sogar noch einen drauf und fügen hinzu, dass ich heute richtige schöne weibliche Rundungen habe, so wie sie doch eine Frau auch haben muss. Und sie meinen es bestimmt nicht einmal böse, sondern nur lieb!

Bei all solchen Situationen verhält man sich nach bestimmten Mustern, also Denkweisen. Muster, die uns seit unserer Kindheit antrainiert wurden, Muster, die wir kopiert haben und Muster, die wir uns selbst antrainiert und angeeignet haben. Daher, scheint mir, reicht es nicht aus, nur nach Gründen aus der Vergangenheit zu suchen, die einen veranlassten zu hungern, sondern man muss auch daran arbeiten, die Muster, nach denen man sich verhält, zu durchbrechen, umzuleiten, umzutrainieren. Man muss also in erster Linie an sich selbst arbeiten, an seiner eigenen Einstellung, an seinem Denken, sich vielleicht sogar ein bisschen verändern oder zumindest sein Leben etwas ändern oder umstellen.

Wie soll es auch anders laufen? Niemand kann erwarten, dass sich irgendetwas ändern wird an seinem Leben, wenn man zurückkommt aus der Klinik und genauso weiterlebt wie zuvor. Magersucht ist nicht wie ein Virus, der in der Klinik bekämpft wurde und bei der Entlassung geheilt ist.

Das meiste bei der Magersucht spielt sich im Kopf ab. Der ausgemergelte Körper, so würde ich es sagen, ist nur das Resultat eigener Denkvorgänge. Sie sind die Ursache, er ist die Wirkung.

Nach dem Klinikaufenthalt beginnt somit erst der richtige Kampf gegen den Virus, der einen immer wieder umhauen, anstecken und krank machen wird, wenn man nicht endlich lernt, sich selbst gegen ihn zu schützen, sich eigene Abwehrkräfte zuzulegen. Oder nennen wir es lieber den Kampf mit dem Stein, der eingebettet werden muss in die Mitte der Palmenkrone, um nicht unter seiner Last zusammenzubrechen, sondern durch ihn zu etwas Besonderem zu werden.

Auch mir war das bei meiner Entlassung noch längst nicht so klar wie heute. Im Nachhinein denke ich, es hätte mir aber vielleicht geholfen, wenn mir das jemand so deutlich gemacht hätte.

Natürlich hatte man uns in der Klinik geraten, mit einer ambulanten Therapie fortzusetzen, aber irgendwie kam dabei die absolute Notwendigkeit und Dringlichkeit nicht so rüber. Vielleicht haben es deswegen so viele Mädchen auch nicht gemacht. Vielen, so auch mir, war es nicht bewusst, dass die letzten Monate in der Klinik absolut sinnlos gewesen wären, wenn wir jetzt nicht weiter an uns arbeiten würden. Also im wirklichen Leben in die Tat umzusetzen, was wir wochen-, teils monatelang in einem geschützten Bereich erprobt und eingeübt hatten.

Es ist wie mit kleinen Küken: Erst werden sie im Nest gefüttert, bis sie groß und stark sind, und dann kommt der Zeitpunkt, an dem sie das Nest verlassen und lernen müssen, draußen in der großen weiten Welt zu bestehen. Am Anfang halten sie sich dabei immer im Schutz ihrer Mutter auf, und erst mit der Zeit wagen sie es, immer mehr Abstand zu nehmen, um auf eigenen Füßen durchs Leben zu watscheln.

So verhält es sich auch mit einem Klinikaufenthalt. Dort wurde man aufgepäppelt, sowohl körperlich als auch seelisch wieder stark gemacht. Dabei ist man jedoch immer in einem geschützten Bereich, wie in einem Nest. Und später bei der Entlassung zurück in die Wirklichkeit ist es eben besonders schwer, zu bestehen und zu überleben, wenn man anfangs nicht weiterhin durch einen Therapeuten begleitet wird.

Bei der Entlassung hatten die meisten von uns tatsächlich wieder ein normales Gewicht und einen Ordner voll mit „Werkzeug", also Anleitungen für die Zukunft, für „draußen", für ein neues Verhalten, das uns beschützen sollte innerhalb unseres Umfeldes. Teilweise hatte man bereits während des Klinikaufenthaltes dieses Werkzeug (zum Beispiel das neue Verhalten) draußen erproben können, doch war man dabei nie allein gelassen. Wenn es mit der Anwendung nicht so klappte, wie man es sich erhofft hatte, konnte man seinen Frust, seinen Ärger, seine Traurigkeit sofort wieder loswerden, und man wusste auch immer, dass die Zeit draußen in der anstrengenden Wirklichkeit begrenzt war und man spätestens um 22 Uhr wieder ins schützende Nest zurückkehren würde.

Dieses Nest, diesen Schutz, diesen Ort, an dem man dann wieder aufgebaut und ermutigt wurde, weiterzumachen, wo man vielleicht sogar gelobt wurde für Dinge, die bereits viel besser liefen als vorher, die man selbst aber gar nicht sah, den gibt es nach der Klinik nicht mehr.

Einige haben dann vielleicht das große Glück, wie ich es hatte, einen Partner an ihrer Seite zu haben, mit dem sie über all ihre Sorgen reden können und der ihnen dann wieder Mut zusprechen oder vielleicht sogar Ratschläge geben kann. Andere haben vielleicht niemanden, möglicherweise nicht einmal wirklich gute Freunde, und sind dann ganz auf sich gestellt. Wobei ich sagen muss, dass selbst die besten Freunde und der beste Partner eine Therapeutin oder einen Therapeuten einfach nicht ersetzen können und auch nicht sollten, denn ein Partner oder eine Freundin bleibt immer noch ein Mensch mit eigenen Bedürfnissen, die er oder sie wahrscheinlich ohnehin schon lange genug, nämlich die ganze Klinikphase über zurückgestellt hat. Auf Dauer werden es kein Partner und keine Freundin leisten können, nur Stärke und Rücksicht zu zeigen.

Das habe ich zumindest mit Fabian so erfahren. Natürlich war er immer für mich da, und ich hatte so unendlich viel Glück, immerzu solch ein Verständnis von ihm zu bekommen, doch schließlich stand ich nach der Klinik trotzdem alleine da mit meinem Problem, denn er konnte ja auch nicht in mich hineinsehen, um zu wissen, wie es in mir ausschaute. Ich glaube, auch er dachte, nach der Klinik sei alles so weit wieder in Ordnung mit mir, denn ich habe es immer wieder erlebt, dass er sehr verwundert war, wenn ich ihm erzählte, wie schlecht es wirklich in mir aussah. Selbst er hat es nie gemerkt und das, obwohl er mir von allen Menschen um mich herum am allernächsten steht.

Zum Glück konnte ich ihm gegenüber meine Ängste, Sorgen und Gefühle immer gut formulieren. Aber bei anderen Menschen hatte ich immer sehr große Probleme, mich zu öffnen. Ihm konnte ich zum Glück fast immer von mir aus erzählen, wenn es mir schlecht ging, und somit seine Unterstützung einfordern, wenn ich sie brauchte, aber sonst hätte ich niemanden darum bitten können, Rücksicht auf mich zu nehmen oder mich zu unterstützen.

Man hat also kein Nest mehr um sich herum, und man wird in seinem Umfeld auch nicht mit Samthandschuhen angefasst nach der Klinik, so wie man es eigentlich gebrauchen könnte. Auch bietet einem niemand direkt seine Unterstützung an, obwohl ja eigentlich alle wissen, was für eine schwere Zeit man gerade hinter sich hat. Alle gehen davon aus, dass man nun wieder vollkommen gesund und normal belastbar ist. Draußen hat sich nichts geändert, und das bekommt man sofort zu spüren. Es gibt keine Schonzeit oder Unterstützung, wie man sie zum Beispiel nach einem Unfall mit zwei gebrochenen Armen bekäme. Schließlich sieht keiner, dass man, auch wenn man nun mehr wiegt als vorher, vielleicht immer noch nicht so stark ist, wie man wirkt. Wenige Mitmenschen machen sich, glaube ich, bewusst, dass diese Krankheit, die einige vielleicht schon mehr als die Hälfte ihres Lebens mit sich herumtrugen, einen langen Heilungsprozess nach sich zieht, der nicht nach drei Monaten Klinik abgeschlossen ist.

Daher muss man sich unbedingt selbst um Unterstützung kümmern, um jemanden, der einem hilft, nun im wirklichen Leben das umzusetzen, was man in der Klinik gelernt hat. Jemanden, der einen ständig daran erinnert, sein in der Klinik gesammeltes Werkzeug immer wieder einzusetzen und anzuwenden. Der einem Feedback geben kann und einen bei bestimmten Vorfällen oder Situationen immer wieder berät.

Somit ist es zum einen unglaublich wichtig, weiterhin Menschen um sich herum zu haben, die einen in Sachen Essen und Gewicht kontrollieren, sonst verfällt man schnell wieder alten Gewohnheiten. Dabei sollte es sich um jemanden handeln, der etwas davon versteht und einem am besten nicht so nahe steht wie die Familie, Freunde oder der eigene Partner. Jemand, der keine Angst davor hat, es auszusprechen, wenn er oder sie das Gewicht wieder sinken sieht.

Zum anderen braucht man unbedingt weiterhin professionelle Unterstützung, mit der man auch zukünftig an seinem Verhalten arbeiten kann und die einen bei all den Umstellungen und Veränderungen unterstützt, berät und vielleicht sogar auch ein bisschen die Umsetzung der Änderungen kontrolliert, die man sich vorgenommen hat, um einmal ganz gesund zu werden.

Ich hatte mich zum Glück bereits in der Klinik um eine ambulante Therapeutin gekümmert, um die Therapie nahtlos fortsetzen zu können. Diese Therapeutin wiederum hatte mir eine Hausärztin, mit der sie zusammenarbeitete, empfohlen, um das Ritual des wöchentlichen Wiegens weiterzuführen. Hierbei ging es nun nicht mehr um weiteres Zunehmen, sondern nur noch darum, das Gewicht zu halten und nicht unbemerkt die Kilos wieder zu verlieren.

Neben der Therapie, die zu Beginn zweimal und später einmal wöchentlich stattfand, und dem wöchentlichen Wiegen besuchte ich anfangs noch eine Selbsthilfegruppe, die von der Klinik organisiert war und zu der nur Patienten kamen, die die Klinik bereits verlassen hatten.

Diese Selbsthilfegruppe tat mir jedoch überhaupt nicht gut. Die meisten, die dort saßen, hatten sich bereits wieder aufgegeben und den Weg zurück in die Essstörung gewählt. In dieser Selbsthilfegruppe gab es eigentlich niemanden, der sagte, es gehe ihm oder ihr nach dem Klinikaufenthalt besser und er oder sie würde auch jetzt weiterhin Fortschritte machen. Es wurde nur gejammert und so geredet, als sei alles absolut hoffnungslos. Das machte mir große Angst, vielleicht war ich noch zu frisch auf eigenen Füßen, aber so schnell wollte ich nicht aufgeben. Somit hörte ich ganz schnell wieder mit dieser Gruppe auf, denn ich wollte weiterkämpfen.

11. Kapitel

Ein kleiner Schritt zurück?

Der Alltag kehrte zurück in mein Leben, doch ich hörte nicht auf, massiv daran zu arbeiten, mir ein Leben aufzubauen, das besser zu mir passte.

Ich zog ganz bei meinen Eltern aus, löste meine kleine Wohnung bei ihnen komplett auf und zog zu Fabian. Diese Veränderung war sehr wichtig für mich. Zum einen hingen so viele negative Erinnerungen an dieser Wohnung, die ich mit Hunger und schlaflosen Nächten verband. Und zum anderen war es wichtig, damit ich endlich anfing, für mich selbst zu sorgen und für mich Verantwortung zu übernehmen, dafür, dass es mir gut ging. Vor der Klinik hatte ich das nie für wichtig gehalten. Auch hatte ich mich niemals selbst verwöhnt oder mir mal etwas gegönnt.

Besser wäre es wahrscheinlich gewesen, erst einmal zu versuchen, ganz auf eigenen Füßen zu stehen, also ganz allein zu wohnen. Aber das traute ich mir nicht zu. Ich hatte zu große Angst, dass ich die Chance nutzen könnte, um wieder ungestört zu hungern, und ich hatte Angst davor, dass die Einsamkeit zurückkehren würde. Ich war sehr gerne mal allein, aber ganz allein wohnen, dafür war ich einfach nicht der Typ, und auch Fabian schien kein Gefallen mehr daran zu haben. Er wollte gerne mit mir zusammenwohnen.

Auch wenn ich einerseits vor anderen nie schwach und krank wirken wollte, glaube ich heute manchmal, dass ich durch das Hungern und das Dünn-Aussehen schon auch gehofft hatte, dass andere dadurch mehr Rücksicht auf mich nehmen, mich umsorgen oder vielleicht verwöhnen würden. Dass ich das, was ich selbst nicht konnte, nämlich mich selbst verwöhnen, mich umsorgen, mir etwas Gutes tun, und was ich auch niemals hätte einfordern können, also so vielleicht doch von den anderen bekommen würde.

Eine Freundin aus der Klinikzeit, die nach wie vor sehr mit ihrer Magersucht zu kämpfen hat, berichtete mir erst vor Kurzem von ähnlichen Gedanken. Sie hatte Probleme in ihrer Beziehung und sagte, jeder Streit mit ihrem Freund veranlasse sie, noch mehr zu hungern. Sie wollte ihm dadurch zeigen, wie sehr sie unter den Problemen, die die beiden hatten, litt. Und sie erhoffte sich, dass sie, wenn sie dann noch dünner aussah, weniger Streit mit ihm hätte, er wieder rücksichtsvoller mir ihr umginge und sie wieder mehr von ihm verwöhnt würde. Sie war schon nur noch Haut und Knochen, und ich fragte sie, was sie denn denke, wie viel sie noch abnehmen müsse, damit er endlich wieder anfinge, sie mehr zu verwöhnen.

Zu Hause bei meinen Eltern hatte ich, wie schon einmal erwähnt, nie selbst einkaufen müssen. In der Klinik hatten wir uns dieser Aufgabe zum Ende hin bereits stellen müssen. Einmal die Woche bekamen wir etwas Geld und sollten dafür die Zutaten einkaufen gehen, die wir brauchten, um uns etwas Eigenes zu kochen. Im Gegensatz zu einigen anderen fiel mir diese Aufgabe hier nicht besonders schwer, ja machte mir sogar Spaß. Doch ich wusste auch, dass es zu Hause mit meinem eigenen Geld und wenn ich es jeden Tag machen müsste und nicht nur einmal die Woche, und vielleicht sogar für mich allein, ganz anders aussehen würde. Genau das musste ich erst lernen, es mir selbst wert zu sein, für mich selbst Geld auszugeben, für leckeres, gutes Essen, das ich selbst zu mir nahm, aber auch für andere Dinge, die mir vielleicht Freude bereiten würden.

Immer hatte ich so viel gearbeitet und mein eigenes Geld verdient, aber außer für meine Reisen und andere Menschen sehr ungern dieses Geld für mich ausgegeben. Ich war es mir einfach nicht wert, und da sich mein Körper ja nie groß verändert hatte, also kaum weibliche Rundungen entwickelt hatte, hielt ich es auch selten für nötig, mir neue Kleidung zu kaufen. Ich besaß wirklich teilweise uralte Kleidungsstücke, und das in einem Alter, in dem sich eigentlich der Geschmack und der Körper ständig verändern. Sich selber etwas zu gönnen schien jedoch den meisten Mädchen in der Klinik schwerzufallen. Dieses Thema kam nicht selten in den Gruppengesprächen auf, und ich entdeckte auch an anderen Mädchen Kleidung, die meiner ähnelten.

Ich arbeitete nach dem Klinikaufenthalt nicht mehr im Hotel, sondern begann mit einem Studium. Studieren wollte ich eigentlich schon immer, doch hatte ich es mir einfach nie zugetraut. Für mich war es immer ein Wunder, dass ich überhaupt mein Abitur geschafft hatte. Studieren erschien mir daher immer eine Nummer zu hoch für mich. Doch durch Fabian, der so fest an mich glaubte, und durch die Therapie in der Klinik hatte ich schließlich doch genügend Selbstbewusstsein gesammelt, um es zu wagen.

Es war mir sehr wichtig gewesen, etwas vorzuhaben, wenn ich aus der Klinik entlassen werden würde. Ich wollte ein Ziel vor Augen haben, nicht wie so viele von den

Mädchen in der Klinik arbeitslos sein oder nicht wissen, wie es weitergehen sollte. Für einen vollen Job hätte meine Kraft wahrscheinlich noch nicht ausgereicht. Ich brauchte dieses Ziel, um weiter gegen die Magersucht kämpfen zu können. Ohne so eine Aufgabe hätte ich keinen Grund und Ansporn gehabt. Fabian sagte immer zu mir: „Du brauchst das Essen für dein Gehirn, sonst kannst du nicht richtig denken und lernen." Zu dieser Zeit reichte der Grund, mich besser zu fühlen und gesund zu bleiben, mir noch nicht als Erlaubnis aus, ganz normal zu essen. Auch kannte ich nach wie vor noch kein normales Hungergefühl, das mich automatisch dazu veranlasst hätte zu essen.

Wieder einen Job im Hotel anzufangen hatte man mir daher auch in der Klinik abgeraten. Dieser würde zu stark an meinen Kräften zehren, und durch die unregelmäßigen Arbeitszeiten sei eine Gewichtsabnahme dann wieder vorprogrammiert.

Ich glaube, es ist sehr wichtig, ein richtiges, aber auch realistisches Ziel vor Augen zu haben, wenn man aus der Klinik kommt. Ich hatte bereits in der Klinik zusammen mit der Therapeutin an meinen Zielen gearbeitet und ganz genau geplant, wie es bei mir nach dem Klinikaufenthalt weitergehen sollte. Ich hatte mich sogar bereits von der Klinik aus bei der Uni eingeschrieben. Mir gab es sehr viel Sicherheit, mit den Therapeuten alles genau absprechen und mir immer wieder Rückmeldungen zu meinen Zukunftsplänen von ihnen holen zu können. Ich hatte das Gefühl, von ihnen am besten beraten zu werden, weil sie genau wussten, was mir jetzt helfen würde, und dabei völlig objektiv blieben.

Man hat nach dem Klinikaufenthalt viel zu viele andere

Sorgen und Baustellen. Sich dann noch darum kümmern zu müssen, eine Tätigkeit zu finden, ist sehr schwer. In der Klinik hat man den Kopf viel freier, und man hat die Möglichkeit, in sich hineinzuhorchen, um herauszufinden, ob man wirklich glücklich ist mit seiner bisherigen Tätigkeit oder ob man sich lieber noch einmal verändern wollte. Eigentlich stellten sich in der Klinik fast alle Mädchen diese Frage. Damit will ich nicht sagen, dass alle Magersüchtigen oder Essgestörten ihren Job wechseln müssen oder sollten. Doch sollte auch über diesen sehr entscheidenden und sehr viel Zeit einnehmenden Part im Leben nachgedacht werden, und eventuell sollten, wie bei mir, Veränderungen vorgenommen werden, wenn sie das Gesundwerden fördern.

Viele der Mädchen in der Klinik meinten, sie wollten es zu Hause zunächst langsam angehen lassen: erst einmal wieder nach Hause kommen und dann in Ruhe schauen, wie es weitergeht. Ich glaube, jeder Mensch braucht eine Aufgabe und vor allem Ziele, und je eher man diese verfolgt und angeht, desto besser.

Wir hatten in der Klinik gelernt, und das wurde uns auch mit auf den Weg gegeben, dass für uns Essgestörte besonders ein geregelter Tagesablauf wichtig sei, um auch geregelt essen und Mahlzeiten einhalten zu können.

Geregelt ist mein Tagesablauf bis heute nicht so recht, ich bin einfach nicht der Mensch, der es mögen würde, wenn jeder Tag wie der andere abläuft, doch trotzdem war es für mich damals die beste Entscheidung, die Hotellerie zu verlassen, denn ich musste mich sehr lange an relativ fest eingeplante Mahlzeiten halten. Ich hatte einfach kein richtiges Hungergefühl. Vielleicht hatte ich auch eins, spürte es nur nicht, da ich meinem Körper regelmäßig Nahrung anbot. Auf jeden Fall musste ich sehr stark darauf achten, keine Mahlzeit auszulassen und ganz besonders keine warme Mahlzeit, zu groß war sonst einfach die Wahrscheinlichkeit, die nächste und auch die übernächste ausfallen zu lassen. Im Hotel war die Wahrscheinlichkeit, für eine bestimmte Mahlzeit keine Zeit zu haben, viel höher als an der Uni.

Zudem wollte ich eigentlich schon seit Brasilien etwas mit Kindern machen. Bereits dort war mir klar geworden, dass mir die Arbeit mit Kindern viel mehr Spaß machte als die Dienstleistungen im Hotel.

Ich hatte das Gefühl, all das, was ich konnte und was ich gerne mochte, war im Hotel nicht gefragt. Hier konnte ich kein bisschen kreativ sein oder eigene Initiative ergreifen. Alles lief immer genau nach Plan, so wie es von oben vorgegeben wurde. Veränderungen wurden nicht gerne gesehen, was mich sehr einengte.

Was ich nun wollte, war jedoch ein ganz anderer Bereich als der, den ich gelernt hatte. Ich hatte daher Angst, dass viele meine Hotelfachausbildung als sinnlos abstempeln würden, wenn ich mich nun für etwas völlig anderes und Neues entschied, oder sogar als verschwendete Zeit. Aus diesem Grund fiel mir die Entscheidung nicht gerade leicht, einen völlig neuen Weg einzuschlagen.

Im Laufe des Lebens verändert man sich jedoch, und in meinem Fall war es vielleicht sogar lebensnotwendig, dass ich endlich anfing, mich und mein Leben zu verändern, mir ein Leben zu suchen, das besser zu mir passte. Über diesen Aspekt schienen sich jedoch in meinem Umfeld nicht sonderlich viele Menschen Gedanken zu machen, und somit kamen natürlich diese blöden Fragen: warum ich denn jetzt bitte etwas völlig anderes machen würde. Ich sagte ja bereits: Das Umfeld verändert sich nicht.

Neben meinem Lehramtsstudium arbeitete ich zusätzlich, um mir das Studium zu finanzieren. Ich hatte also eigentlich wieder genauso viel um die Ohren wie vor dem Klinikaufenthalt, nur mit dem Unterschied, weniger körperlich arbeiten zu müssen und trotz vieler Termine mir Zeit nehmen zu können für das Essen.

Mir unterwegs etwas für zwischendurch zu essen zu kaufen fiel mir nach der Klinik immer noch schwer, doch ich versuchte es weiterhin regelmäßig, obwohl ich nicht selten die Geduld mit mir selbst verlor und oft das Gefühl hatte, überhaupt keinen Schritt mehr weiterzukommen.

Unbemerkt jedoch machte ich kleine Fortschritte, denn Brötchen zum Beispiel konnte ich mir schon irgendwann kaufen, und auch Kaffee. Schwierig war nach wie vor warmes Essen von einem Imbiss oder aus einem Fast-Food-Restaurant. Doch sorgte ich nun dafür, mir etwas zu essen mitzunehmen, wenn ich wusste, dass ich lange unterwegs sein würde. Auch schaffte ich es weiterhin, wenn auch nicht immer mittags, sondern oft eher abends, zusammen mit Fabian, einmal am Tag warm zu essen. Ich merkte sogar, dass ich das warme Essen brauchte. Wenn ich es ausfallen ließ, wurde mir kalt, und ich fühlte mich schneller schlapp.

Ich hatte gelernt, auch für mich alleine zu kochen, und schaffte es immer öfter, auch allein zu essen. Das war eine der größten Umstellungen für mich und fiel mir lange noch sehr schwer, denn früher hatte ich mir, wenn überhaupt, nur in Gesellschaft erlaubt zu essen. Ich hatte keinen Sinn darin gesehen, allein zu essen. Vielleicht weil es immer ein so besonderes Ereignis für mich war, wenn ich es mir mal erlaubt hatte. Auch weil ich es mir einfach nicht wert war, es mir selbst und allein gut gehen zu lassen, und weil es essen allein, um den Hunger zu stillen, für mich nicht gab. Essen musste für mich immer in Verbindung mit etwas Sinnvollem stehen, wie zum Beispiel mit einem Treffen mit Freunden oder der Familie, sonst wäre es für mich Zeitverschwendung gewesen. Dieses besondere Ereignis, dass ich es mir erlaubte zu essen, musste zudem immer in einer besonderen Atmosphäre stattfinden, und es musste einen Grund (eine Entschuldigung) dafür geben, warum ich aß. Hunger allein reichte dafür nicht aus.

Merkwürdigerweise begegnen mir heute, nachdem ich es endlich gelernt habe, für mich allein zu kochen und zu essen, immer öfter Menschen, die dieses Verhalten, allein zu essen, wiederum komisch und desolat finden. Das Problem, für sich selber nicht gut sorgen zu können, scheint somit weiter verbreitet, als ich immer dachte.

Eine besondere Atmosphäre versuche ich mir nach wie vor beim Essen zu schaffen. Meistens mache ich Musik und Kerzen an – ob ich nun mit Fabian esse oder alleine. Ich brauche nach wie vor etwas Zeit zum Essen, ich mag es nicht gerne, beim Essen in Eile zu sein. Und mir ist es immer noch wichtig, was ich esse. Ich könnte zum Beispiel nicht jeden Tag Pizza oder, wie Fabian, Nudeln mit Ketchup essen, nur damit es schnell geht.

Die Umstellung zurück in den Alltag kostete mich damals bestimmt drei Kilogramm, und ich rutschte doch wieder unter die für mich nach wie vor bösen 55 Kilo. Zum einen bestimmt, weil ich schon etwas weniger aß als in der Klinik, und zum anderen, weil ich mich nach wie vor unwohl fühlte mit einem Gewicht über 55. Bei 52 Kilo hielt ich mein Gewicht schließlich. Ich empfand das selbst nicht als Rückfall, denn ich hatte es mir nicht wie früher absichtlich weggehungert. Ich verlor das Gewicht ganz schnell, da ich es einfach allein noch nicht schaffte, so viel wie in der Klinik zu essen.

Neu war auch, dass es im Gegensatz zu früher jetzt nicht nur eine Gewichtgrenze nach oben, sondern auch eine Grenze nach unten für mich gab. Normalerweise gab es nach unten niemals Grenzen – je niedriger das Gewicht, desto besser. Doch nun war meine absolut unterste Grenze 50 Kilo. Darunter wollte ich auf keinen Fall wieder kommen. Nach oben lag die Grenze nach wie vor bei 55 Kilo.

Ich weiß, dass sich das alles noch sehr kontrolliert anhört, das war es auch noch. Doch zum einen, glaube ich, muss man sich von dem Anspruch lösen, sich ab sofort gar nicht mehr kontrollieren zu wollen, denn wenn man diesen Zwang viele, viele Jahre hatte, kann man sich nicht innerhalb von drei Monaten davon lösen. Und zum anderen muss man lernen, krankhafte Zwänge von kleinen Zwängen, die fast jeder Mensch hat, zu unterscheiden. Ich kenne fast niemanden, der keine Gewichtsgrenze nach oben hat, und ich habe nicht nur essgestörte Menschen um mich herum.

Ich sah die Gewichtsabnahme nicht als Rückfall, aber trotzdem war ich schrecklich ungeduldig mit mir selbst, mit meinen Gefühlen und den Gedanken in meinem Kopf. Zwar hielt ich mein Gewicht von nun an, doch gab es auch ein Jahr nach der Klinik und der anschließenden Therapie nach wie vor Lebensmittel von der schwarzen Liste, die ich aufgrund der hohen Anzahl von Kalorien mied, weil sie mir immer noch Angst machten. Außerdem kontrollierte ich noch immer die Menge dessen, was ich aß. Bei mir gab es kein maßloses Essen nur aus Appetit. Ich aß mit Genuss, aber immer sehr bedacht, niemals aus Langeweile, niemals zu viel Süßes, weil ich einfach mal Lust darauf hatte, und niemals zwei Mal am Tag warm. Es gab auch immer noch Situationen, in denen ich mich nach dem Essen schlecht und dick fühlte, auch wenn die Gedanken und Gefühle längst nicht mehr so quälend wie früher waren. Ich brauchte nach wie vor die Waage, um mich zu beruhigen, und ich brauchte immer noch den Sport, um mich wirklich wohl in meinem Körper zu fühlen. Wenn ich weniger dazu kam, Sport zu machen, wuchsen nach wie vor Unruhe und ein schlechtes Gewissen in mir. Das bereitete mir immer noch Sorgen, und ich wünschte mir oft nichts mehr, als dass es doch endlich ganz aufhören möge.

Mein Umfeld nahm, glaube ich, meine Magersucht nicht mehr wahr, zumindest sprach mich eigentlich niemand jemals wieder darauf an oder erkundigte sich, wie es mit dem Essen bei mir laufe. Das ist bemerkenswert, und mich würde interessieren, ob die Menschen die Sache deshalb nicht mehr ansprechen, weil sie sie eben nicht mehr sehen und daher nicht mehr daran denken oder ob es allgemein bei Suchterkrankungen so abläuft, einfach weil es unangenehm ist, darüber zu sprechen.

Das ist wirklich komisch, denn sonst reden die Menschen so viel über Krankheiten und ihre eigenen Wehwehchen. Vielleicht denken auch viele, dass der Betroffene nicht darüber reden möchte. Dabei ist das so wichtig. Denn genau so wie mit einem trockenen Alkoholiker verhält es sich, glaube ich, auch mit einem Magersüchtigen. Irgendwo tief oder auch nicht so tief in einem drinnen schlummert etwas, was schneller wieder entfacht werden kann, als man denkt. Und dabei wäre es sehr hilfreich, wenn das Umfeld ganz offen damit umgeht und auch eine Ex-Magersüchtige, die plötzlich wieder dünner wird, genauso anspricht wie einen Ex-Alkoholiker, der auf einmal wieder zur Flasche greift. So offen reden aber komischerweise nur die Ex-Magersüchtigen untereinander darüber.

Ich war zwar immer noch sehr schlank, aber nicht zu dünn. Zudem konnte ich endlich mit Freuden, Fabian oder auch meiner Familie essen gehen oder zusammen kochen. Nach außen und für alle anderen schien bei mir somit mittlerweile alles normal zu sein, nur in mir war es das leider noch längst nicht.

Auch Fabian glaubte zu wissen, dass ich mittlerweile ein ganz normales Leben führte, mit einem ganz normalen Essverhalten, und war daher immer wieder überrascht, wenn ich ihm ab und zu Einblicke in mein Innerstes gewährte.

Ich sah auf jeden Fall eine enorme Verbesserung meiner Essstörung, denn sie war nun nicht mehr lebensbedrohlich, und sie schaffte es auch nicht mehr, mich auszugrenzen. Auch bestimmte sie nicht mehr mein ganzes Leben. Befreit davon fühlte ich mich jedoch längst noch nicht. Das Drahtseil, auf dem ich mich bewegte, war immer noch schrecklich dünn, und ich hatte ständig Angst, abzustürzen.

12. Kapitel

Zwei Jahre nach dem Klinikaufenthalt

> *… Bei mir ist ständig ein Auf und Ab. Mittlerweile habe ich ja wenigstens ein Kilo zugenommen, mit Ach und Krach. Ich muss echt ganz schön viel essen, um das zu schaffen. Und es kommen immer mal wieder Rückfälle, die hauen mich wieder total aus der Bahn …*

Dies schrieb mir ein Mädchen, das ich aus der Klinik kenne und mit dem ich mir noch heute schreibe. Sie hatte es damals in der Klinik leider nicht geschafft, so viel zuzunehmen wie ich, und wog bei ihrer Entlassung immer noch viel zu wenig. Sie war bereits viele Jahre krank und schon das zweite Mal in einer Klinik. Sie kämpfte mit Bulimie und Magersucht und konnte schon lange Zeit nicht mehr arbeiten, da sie körperlich viel zu schwach war. Sie war fast zehn Jahre älter als ich, wirkte jedoch, als ich sie kennenlernte, wie ein Kind, so verletzlich, zart und schüchtern.

Damals, als sie neu in die Klinik kam, ging meine Zeit dort bereits dem Ende zu. Unser Aufenthalt überschnitt sich nur circa eine Woche, dann wurde ich entlassen. Trotzdem hatte ich komischerweise eine tiefe Verbundenheit zu ihr gespürt. Ich besuchte sie nach meiner Entlassung noch einmal in der Klinik, und anschließend schrieben wir uns Briefe, da wir mehrere Stunden Fahrzeit auseinander lebten.

Ich weiß nicht, worauf diese Verbundenheit basierte, denn wir hatten zu wenig Zeit, uns richtig kennenzulernen, aber vielleicht war es auch einfach ihre damalige Situation, die mich veranlasste, den Kontakt zu ihr zu halten. Obwohl sie schon einen so langen Leidensweg hinter sich hatte, sah ich noch ein kleines Fünkchen Hoffnung in ihr leuchten, Hoffnung, irgendwann wieder ein normales Leben führen zu können. Sie kämpfte so hart und schien dabei so allein zu sein. Vielleicht war es diese Hoffnung, die wir teilten, und da ich ihr schon ein Stück voraus war, wollte ich versuchen, sie mit in meine Richtung zu ziehen, ihr etwas geben, woran sie sich festhalten konnte.

Zwei Jahre nach dem Klinikaufenthalt kämpfte sie nach wie vor mit dem Zunehmen, während ich „nur" noch dafür sorgen musste, mein Gewicht zu halten. Trotzdem ging es auch mir so wie ihr. Ich musste so sehr am Ball bleiben und echt viel essen, um das Gewicht überhaupt zu halten. Jedes bisschen Stress spiegelte sich auf der Waage wider.

Das Gewicht war jedoch gar nicht unbedingt mein Problem, trotz kleiner Schwankungen hielt ich es eigentlich ganz gut. Vielmehr waren es vor allem die Gedanken und mein damit verbundenes Wohlbefinden in meiner eigenen Haut, das immer noch schwankte.

> *… „Dein Brief hat mir viel Mut gemacht. Es ist gut zu wissen, dass man mit fast 55 Kilo nicht dick ist, und ich finde es gut, dass du die Waage verbannt hast. Ich schaffe das noch nicht, aber ich wiege mich wenigstens nicht mehr so oft wie vorher, etwa einmal pro Woche. Noch habe ich meine 50-Kilo-Hürde nicht geschafft, aber ich möchte es bis Ende Mai schaffen" …*

Ich ging nicht mehr jede Woche zu meinem Hausarzt, um mich wiegen zu lassen. Fast ein Jahr lang war ich jeden Freitag bei meiner Ärztin zum Wiegen gewesen. Doch nun hatte ich das Gefühl, die Sache selbst im Blick zu haben, und ich hatte das Bedürfnis, mich von der Waage zu distanzieren.

Vor der Klinik war es ein schrecklicher Zwang gewesen. Mithilfe der Waage dachte ich, eine Kontrolle über mein Gewicht zu haben, und wog mich daher sogar manchmal zweimal am Tag. In der Klinik und danach war die Waage immer noch ein Kontrollmittel, aber nun nicht mehr mein eigenes. Ich wünschte mir so sehr, endlich ganz wegzukommen von dieser Kontrolle und von diesen bösen Zahlen, die mir immer noch Angst bereiteten. Jedes halbe Kilo stresste mich, obwohl ich eigentlich genau wusste, dass niemand außer mir es bemerken würde.

Da ich mein Gewicht fast konstant bei 53 Kilo hielt, wollte ich nun versuchen, selbst Verantwortung zu übernehmen. Von nun an wog ich mich nur noch, wenn ich meinte, es zu müssen, zum Beispiel, wenn mir die Hosen etwas lockerer als sonst vorkamen. Das klappte ganz gut. Anhand meiner Kleidung hatte ich immer noch ein wenig Kontrolle über mein Gewicht, aber es war nun nicht mehr so zwanghaft. Ohne die Zahlen nun ständig vor Augen zu haben, bekam ich kleine Gewichtsschwankungen gar nicht mehr so richtig mit und hatte somit viel weniger Gründe, beunruhigt zu sein und mir ständig Gedanken um mein Gewicht zu machen. Das funktionierte natürlich nicht von heute auf morgen, schließlich war die Waage jahrelang mein Begleiter gewesen. Ich war abhängig von ihrem Urteil, das sie mir jeden Morgen und Abend offenbarte: Sie entschied, ob es ein guter oder ein schlechter Tag werden würde.

Doch ich entwöhnte mich ganz langsam, und ich merkte richtig, wie es mir zunehmend besser ging ohne die bösen Zahlen.

Ich hatte trotz einer kritischen Durchfallerkrankung auf einer weiteren Reise mit Fabian auch zwei Jahre nach der Klinik noch keine dramatischen Rückfälle erlitten. Ich schaffte es, mein Gewicht über 50 Kilo zu halten, und auch, wenn es doch einmal gesunken war, wieder von selbst, wenn auch langsam, zuzunehmen.

Vielleicht gab es, was mein Gewicht betrifft, keine Rückfälle, weil sich eine Sache ganz entscheidend geändert hatte. Mir war eins bewusst geworden: Früher hatte mich jeder Misserfolg, jeder schlechte Tag, jeder Streit und jedes bisschen Wut veranlasst, zu hungern oder massiv Sport zu treiben. Hungern war mein einziges Ventil. Nur über den Hunger konnte ich Traurigkeit, Wut und Angst wieder loswerden. Niemals hätte ich mich getraut, es auf einem anderen Weg rauszulassen, zum Beispiel es jemanden zu sagen, wenn ich wütend auf ihn war oder wenn jemand mich enttäuscht hatte. Niemals hatte ich mich getraut, Nein zu sagen, wenn mir etwas nicht passte. Ich hatte es immer allen recht machen wollen, ohne Rücksicht auf meine eigenen Bedürfnisse.

Das Abnehmen brachte mir dann die Zuversicht, solche Probleme und Konflikte in Zukunft nicht mehr zu haben, wenn die anderen erst sahen, wie dünn ich geworden war. Dann, so hoffte ich, würden sie schon anfangen, rücksichtsvoller mit mir umzugehen, und auch meine Bedürfnisse beachten.

Es tat sehr weh und dauerte sehr lange, wirklich zu verstehen, dass keiner mehr Rücksicht auf einen nahm, nur weil man immer dünner wurde, oder dass andere deswegen die Wut, Traurigkeit und Enttäuschung selbst erfahren würden, die sie zuvor bei mir ausgelöst hatten. Die Einzige, die unter der Gewichtsabnahme litt und einst daran zugrunde gehen würde, war ich selbst.

Das zu verstehen und mir immer wieder vor Augen zu führen, half mir vielleicht, immer wieder weiterzuessen, egal, was ich erlebte und welche Gefühle diese Erlebnisse in mir auslösten. Wenn andere es schon geschafft hatten, mich zu verletzen oder meine Bedürfnisse zu übergehen, sollten sie es nun nicht auch noch schaffen, mich dazu zu bringen, mich selbst zu zerstören.

Wer einen Stein in ein zartes Palmenherz drückt, schafft es noch lange nicht, die Palme damit vollkommen zu zerstören, auch wenn sie noch so jung und verletzbar ist.

Vielleicht war es auch diese Erkenntnis, die mich vor einem Rückfall bewahrte, als zwei Jahre nach meinem Klinikaufenthalt mein leiblicher Vater bei einem Flugzeugabsturz ums Leben kam. Ich war 25 Jahre alt, als es passierte. Eigentlich viel zu jung, um seinen Vater zu verlieren. Ich kann das Gefühl nicht beschreiben, das dieser Verlust in mir auslöste, denn das Verhältnis zu meinem Vater war leider nie einfach gewesen, und somit schien unglaublich vieles ungeklärt und unausgesprochen, als er starb.

Doch es war nicht nur die Trauer um meinen Vater, die mich schrecklich belastete, es war auch die Enttäuschung darüber, mit dieser Trauer so allein dazustehen. Aus meiner Familie und meinem Freundeskreis konnte keiner mit mir diese Trauer teilen, denn niemand, nicht einmal meine

Mutter, hatte seit meiner Geburt regelmäßig Kontakt zu ihm gehabt. In den Augen der gesamten Familie war er ein „Mistkerl", der meine Mutter verlassen hatte, sich nie anständig um mich gekümmert hatte und nie da gewesen war, wenn man ihn brauchte. Trotzdem war er mein Vater, und ich hatte ihn geliebt.

Ich fragte mich damals, warum ich immer wieder auf die Probe gestellt wurde. Wem sollte ich hier etwas beweisen? Gerade ging alles bergauf, und ich hatte es geschafft, den großen Stein, den ich mit mir trug, an einen Platz zu rücken, an dem mir seine Last tragbar erschien. Dieses langsam wachsende Gleichgewicht drohte nun schlagartig zu verschwinden, und der Stein erschien schwerer als je zuvor.

In dieser Zeit habe ich öfter darüber nachgedacht, wieder mit dem Essen aufzuhören und all meine Schmerzen einfach mit dem Hunger zu betäuben, denn der Stein schien untragbar. So dachte ich wie die Palme: *„Ich gebe auf. Ich bin am Ende. Es hat keinen Sinn mehr mich weiter aufzulehnen, es ist mein Schicksal zu vertrocknen und einzugehen."*

Doch zum Glück haben mir mein Verstand und meine Therapeutin immer wieder die Augen geöffnet. Ich habe aufgehört zu versuchen, den Stein abzuwerfen. Ich habe mir gesagt, Steine können nicht wachsen und somit auch nicht schwerer werden. Wenn ich jedoch aufhöre zu essen, werde ich mit der Zeit wieder schwächer und schwächer, bis mich die Last des Steines begräbt.

Ich habe begriffen, dass dieser Stein zu mir gehört, er enthält meine Geschichte, er ist ein Teil von mir, der mehr aus mir macht als nur eine schlanke graziöse Palme. Eine Kraft in mir wurde zunehmend mächtiger als der Schmerz.

Mit einem nun fast normalen Gewicht wurde mir deutlich, dass ich, wenn ich einmal wieder etwas Gewicht verlor, viel sensibler war und viel verletzbarer. Mir fehlte dann einfach „ein dickes Fell" zum Schutz, und schon ein blöder Kommentar von jemandem reichte aus, um mich zu enttäuschen, mich traurig zu stimmen und mich ins Grübeln zu versetzen. Mit mehr Gewicht konnte ich viel mehr ab und war nicht so leicht zu verunsichern.

Da ich es jedoch viele Jahre so gemacht hatte, mir diesen Weg, dieses Ventil zu hungern so fest antrainiert hatte, war es natürlich unglaublich schwer, nun davon zu lassen und einen neuen Weg zu finden, ganz besonders in einer solch schweren Zeit nach dem Tod meines Vaters.

Der Sport blieb nach wie vor ein wichtiges Ventil für mich. Er half mir, abzuschalten, für einige Zeit den Kopf frei zu bekommen. Nach so einer gedanklichen Entspannung konnte ich oft alles schon etwas relaxter betrachten.

Nach der Klinik war ich nie wieder laufen gewesen und hatte versucht, mein Verhältnis zum Sport zu verändern. Es sollte mich nicht mehr quälen, es sollte mir nur noch guttun. Ich wollte den Sport nicht mehr nutzen, um abzunehmen, um mich leer zu machen, sondern einfach nur um abzuschalten, zu entspannen und etwas Gutes für mich und meinen Körper zu tun. Beim Laufen hatte ich eigentlich nie das Gefühl gehabt, dass es meinem Körper gutgetan hatte. Viel zu oft hatten meine Knie und Füße danach sehr geschmerzt.

Zum Reiten kam ich leider nur noch sehr selten, da ich mit Fabian nun in der Stadt lebte, aber schwimmen ging ich immer noch regelmäßig. Ich trainierte weniger hart und längst nicht mehr so oft wie vor der Klinik, aber ich brauchte das Training noch mindestens zwei Mal die Woche. Am Anfang ging ich vielleicht auch drei Mal die Woche, aber ich schaffte es tatsächlich mit den Jahren, mich immer mehr davon zu befreien, Sport machen zu müssen.

Bereits während des Klinikaufenthaltes begann ich zudem mit Bikram-Yoga, eine Variante des Hatha-Yoga. Diese Yogaform besteht aus 26 Übungen, die man 90 Minuten lang in einem auf 40 Grad Celsius aufgeheizten Raum durchführt. Dabei fokussiert man sich selbst die ganze Zeit über in einer Spiegelwand, schaut sich in die Augen, um sich ganz auf sich zu konzentrieren.

Abwechselnd geht es um körperliche Anspannung und Entspannung, wobei man sich ganz auf die Übungen konzentriert und an nichts anderes mehr denkt. Genau das war es, was mich am meisten interessierte: zu lernen, einmal an nichts zu denken, mir in diesen 90 Minuten nicht den Kopf über irgendetwas zu zerbrechen, einmal in der Woche für eineinhalb Stunden sorgenfrei zu sein.

Man sieht sich und den eigenen Körper 90 Minuten lang im Spiegel, und am besten hat man dabei möglichst wenig an. Man beschäftigt sich somit die ganze Zeit über mit dem eigenen Körper, lernt seine Grenzen kennen, aber auch seine Stärken. Man entdeckt ganz neue Seiten seines Körpers, da man ihn in Positionen erlebt, in denen man ihn normalerweise nie zu sehen bekommt.

Ich hatte das Gefühl, dass mir diese krasse Konfrontation mit meinem neuen Körper (also mit 12 Kilo mehr Gewicht) unglaublich guttat. Ich liebte die Wärme in dem Raum, denn dadurch sind alle Körperteile viel dehnbarer und man ist viel gelenkiger als normalerweise. Beim sogenannten Stehenden Bogen zum Beispiel schaffte ich es irgendwann, meinen Fuß bis über den Kopf zu ziehen. Ich liebte diese Übung, denn ich war gut darin und stolz auf mich, da es toll aussah.

Obwohl der Raum manchmal unglaublich gefüllt war, fühlte man sich bei all dem, was man tat, unbeobachtet. Alle blieben bei sich, alle waren konzentriert. Viele der Frauen trugen nur einen Sport-BH und ein knappes Höschen. Die Männer meist nur eine kurze enge Hose und oben herum nichts.

Ich traute mich das lange Zeit nicht, denn mein größtes Problem, egal, wie viel ich wog, war schon immer mein Bauch. Ich hatte zu große Angst vor Speckfalten bei manchen Übungen, daher sorgte ich immer dafür, ihn bedeckt zu halten.

Fabian schenkte mir nach einigen Yogajahren irgendwann einen ganz tollen Sport-BH. Ich zog ihn zu Hause vor dem Spiegel an und fand ihn sehr schön an mir, zugleich war es jedoch auch sehr ungewohnt, so viel von meinem Körper zu zeigen. Ich trug den BH beim Yoga, jedoch nur unter einem Top, bis ich irgendwann in meiner Examensphase durchs viele Sitzen beim Lernen Rückenprobleme bekommen hatte. Ich fragte die Yogalehrerin, worauf ich nun mit meinem Rücken bei den Übungen achten müsse, um es nicht noch schlimmer zu machen. Ich solle besonders bei den Vorwärtsbeugen immer schön darauf achten, dass ich den Bauch einziehe, sagte sie. Am besten sei es, nichts mehr über dem BH zu tragen, dann könne man es besonders gut kontrollieren, ob man wirklich den Bauch einziehe. Sie verstehe es sowieso nicht, warum ich dieses Hemdchen darüber trüge bei meiner Figur.

Seitdem trage ich kein Hemd mehr über meinen BH. Ich konnte mich überwinden und verstecke nun meinen Bauch nicht mehr. Es hat eine Weile gedauert, aber mittlerweile mag ich meinen Bauch sogar, ich bin sehr zufrieden mit ihm, wir stehen nicht mehr auf Kriegsfuß miteinander.

Ein noch viel größeres neues Ventil war jedoch der permanente Austausch mit meiner Psychologin. Vielleicht hatte ich ganz besonders viel Glück mit ihr, denn ich habe auch schon von anderen gehört, es würde ihnen gar nichts bringen, zu ihrer Psychologin oder ihrem Psychologen zu gehen. Aber ich glaube, es liegt auch immer an einem selbst, ob und wie sehr einem die Gespräche etwas bringen. Denn wenn man nichts davon hat, weil man zum Beispiel mit der Psychologin nicht warm wird, sollte man auch nicht mehr dort hingehen, sondern sich, so schnell es geht, eine neue suchen. Ich glaube, sonst ist es für beide verlorene Zeit.

Ich hatte ja selbst vor der Klinik die Erfahrung etwa mit dem Familientherapeuten gemacht. Es passt nun einmal nicht jeder Psychologe zu jedem Patienten. Manchmal dauert es ein wenig, den oder die richtige zu finden. Ich hatte nach der Klinik einen Volltreffer gelandet!

Ich konnte ihr gegenüber sehr offen sein und habe ihr wirklich alles erzählt. Ich hatte vollstes Vertrauen zu ihr und habe sie nie belogen. Diese Offenheit habe ich von ihr zurückbekommen sowie das Gefühl, dass sie meine Probleme ernst nahm und meine Wut, Traurigkeit oder Enttäuschungen für berechtigt. Eigentlich habe ich sie nie so richtig als meine Psychologin gesehen, vielleicht eher als einen Coach, einen Mentor oder einfach als eine tolle Frau, der zu begegnen ich das Glück hatte, die mir unglaublich guttat und die mir viele Tipps, Denkweisen und Ratschläge mit auf meinen Weg gegeben hat, die ich in meinem Umfeld leider sonst von niemandem bekommen hätte.

Vielleicht habe ich sie auch nicht als Psychologin im eigentlichen Sinne gesehen, weil sich das immer so nach Krankheit anhörte, die geheilt werden müsste. Doch sie gab mir nie das Gefühl, krank zu sein. Sie sagte immer: „Die Menschen, die sich auf den Weg zu mir machen, um etwas zu lernen, sind meistens am gesündesten, da sie sich permanent selbst reflektieren im Gegensatz zu vielen anderen."

Vielleicht fiel es mir auch deswegen, weil ich sie nicht als meine Psychologin, die mich heilen sollte, sah, immer so leicht, über sie zu reden. Ganz oft und ohne Scham erwähnte ich sie in Gesprächen mit anderen und gab Dinge wieder, die sie gesagt hatte, wovon auch andere profitieren konnten. Es war so, als wenn ich von einer guten Bekannten sprach.

Ich bin nach der Klinik überwiegend offen mit dem Thema umgegangen und meine ganzen Ängste davor, nach der Klinik ein Stigma auferlegt zu bekommen, haben sich nie bestätigt. Wobei ich zugeben muss, dass ich mich auch heute, bei neuen Bekanntschaften, nicht dafür schäme zu erwähnen, dass ich eine Therapie gemacht habe, dann jedoch oft nicht genau erzähle, warum ich sie gemacht habe, oder den Grund auf den Tod meines Vaters schiebe.

Heute rede ich nicht mehr von der Magersucht. Ein Grund dafür ist nach wie vor – obwohl ich, wie gesagt, nie so etwas erlebt habe – die Angst, dass die Menschen mich dann doch mit anderen Augen betrachten. Dass sie mich zum Beispiel beobachten, wenn ich mit ihnen zusammen esse. Zudem befürchte ich, dass ich die Krankheit, würde ich auch heute noch davon berichten, vielleicht niemals ganz loswerden würde. Vielleicht ist diese Befürchtung unbegründet, denn es ist ein Abschnitt meines Lebens, der mich sehr geprägt hat, aber ich möchte einfach versuchen, damit abzuschließen. Einen neuen Abschnitt in meinem Leben zu beginnen.

Ich habe die Magersucht somit nie als etwas gesehen, was ich absichtlich verschweige, sondern als etwas Altes, das ich einfach versuche, ganz abzulegen, denn wie ich es schon zu Anfang geschrieben habe: Man kann die Vergangenheit nicht rückgängig machen. Das Vergangene ist vergangen. Aber man kann jeden Tag damit beginnen, in Zukunft etwas an seinem Leben zu verändern und einen neuen Weg einzuschlagen, ein Leben zu leben, das besser zu einem passt. Dabei hilft es jedoch nicht, an der Vergangenheit festzuhalten. Man muss sich im Loslassen üben.

Bei neuen Menschen, ob Freunde, Bekannte oder Arbeitskollegen, sah ich dann immer wieder die Chance, mich darin zu üben, mich zu verändern, das Alte loszulassen, und habe sie einfach genutzt.

Somit zählt auch der Klinikaufenthalt zu meiner Vergangenheit, für die ich mich absolut nicht schäme, sondern auf die ich heute stolz bin, da sie mich sehr geprägt hat, die ich aber trotzdem nicht mehr erwähne, zumindest nicht einfach so.

13. Kapitel

„Whatever you think – is“

... „Es ist etwas Schreckliches geschehen, das mich ziemlich erschüttert hat. Mitte März ist ganz plötzlich mein Therapeut verstorben, und das macht mich sehr traurig. Das Seltsame dabei ist, dass ich in unserem letzten Gespräch eine Art Bilanz ziehen wollte; was ich geschafft habe, wo ich gerade stehe, wie ich weitergehen will und woran ich arbeiten möchte. Weißt du, genau jetzt bin ich so weit, über das zu sprechen, worüber ich noch nie gesprochen habe, und jetzt habe ich keinen Therapeuten mehr. Es hat fünf Jahre gedauert, um vollkommenes Vertrauen zu ihm zu entwickeln und ganz offen sprechen zu können. Ich werde ihn echt vermissen, ich habe ihn sehr geschätzt und gemocht.“ ...

Fabian hatte, glaube ich, manchmal Angst, dass ich irgendwann nicht mehr ohne sie, meine Therapeutin, zurechtkäme oder sie vielleicht zu sehr in mein Herz schließen könnte.

Das ist natürlich auch nicht so ganz ungefährlich, vor allem, wenn man selbst innerhalb der Familie solch eine Form von Unterstützung nie erhalten hat und immer auf der Suche nach jemandem gewesen war, dem man alles anvertrauen kann. Es war auch so, ich hatte sie wirklich in mein Herz geschlossen und – wie meine Freundin aus der Klinik ihren Therapeuten – sehr geschätzt, denn ich habe so viel von ihr gelernt. Ich weiß nicht, ob ich der Mensch, der ich heute bin, auch ohne sie geworden wäre, aber trotzdem war es nie eine Form von gefährlicher Abhängigkeit, die mich an sie gebunden hat. Es war auch nie so, dass ich mit großer Angst gelebt habe, mein Leben ohne sie nicht in den Griff zu bekommen, obwohl es wirklich viele Phasen gab, in denen ich sie sehr brauchte und ich unserem nächsten Termin immer ohne Ende entgegenfieberte, weil ich so viel mit ihr zu besprechen, so viele Fragen hatte.

Aber ich glaube, ich sehnte mich nicht nur nach ihrem Rat, sondern auch nach der einen Stunde Ruhe in der Woche, in der es mal nur um mich ging. Es war eine Stunde, in der ich nur etwas für mich tat, was mir sonst so schwerfiel, und in der auch noch jemand anderes etwas für mich tat und ich es mit gutem Gewissen annehmen konnte.

Jedes Mal nach dieser Stunde Zeit mit ihr fühlte ich mich so viel leichter als vorher (leicht, obwohl ich nicht einmal hungern musste dafür), ich fühlte mich gestärkt für eine neue Woche und sah alles so viel positiver oder vielleicht einfach nur nicht mehr so ernst. Sie versuchte, mir immer wieder beizubringen, über mich selbst zu lachen, darüber, dass ich zum Beispiel immer wieder enttäuscht war über das Verhalten bestimmter Personen, obwohl ich doch längst wusste, dass sich diese Personen niemals anders verhalten würden. Ich lernte durch sie, vieles leichter zu nehmen. Es gab so viel Wichtigeres, als sich über das Verhalten anderer Menschen zu ärgern.

Ich lernte endlich, aufzuhören, Dinge von Menschen zu erwarten, die sie niemals erfüllen konnten, auch wenn es für mich so selbstverständliche Dinge waren, Dinge, die ich tagtäglich tat. Doch nur weil ich sie tat, könnte ich sie nicht auch von anderen erwarten. Ich lernte, erwartungsloser zu leben.

Ich musste erst begreifen lernen, dass ich selbst es in der Hand hatte, wer mich umgab und wem ich meine Zeit und Kraft schenkte. Ich erkannte durch meine Therapeutin, dass es viele Neider gab und Menschen, die nur nahmen, selbst in Zeiten, in denen man so zart und zerbrechlich ist wie der Palmensprössling: *Neben sich erblickte er das kleine Palmenbäumchen, das in hellem Grün und voller Hoffnung nur darauf wartete, mit der Zeit noch größer und stärker zu werden. Er wurde wütend und schrie zornig: „Warum hast du alles, was du zum Leben brauchst, bist jung und zufrieden, während ich hier verdurste. Wenn ich sterben soll, sei auch dir das Leben nicht gegönnt." Mit letzter Kraft griff er nach einem Stein, hob ihn in die Höhe und presste ihn mitten in das Kronenherz der jungen Palme.*

Sie baute mich immer wieder auf, machte mir jedes Mal Mut, so weiterzumachen wie bisher, bestärkte mich, sagte mir, dass ich auf einem guten Weg sei, und hielt dabei immer zu mir.

Sie und die Gespräche mit ihr waren also mein neues Ventil. Ich weiß, das hört sich so an, als ob ich doch wieder abhängig war, denn wenn ich sie nun nicht mehr als Gesprächspartner gehabt hätte, hätte mir ja wieder ein Ventil gefehlt. Aber so war es nicht, denn dadurch, dass ich mit ihr regelmäßig sprach, lernte ich auch mit anderen mehr über meine Gefühle und Bedürfnisse zu sprechen, wobei ich das in der Phase, in der ich sie hatte, überhaupt nicht brauchte und auch nicht unbedingt wollte. Ich hatte sie, und ich hatte Fabian – mit diesen beiden Menschen konnte ich über alles reden, wirklich über alles. Das stellte mich so sehr zufrieden und reichte mir vollkommen. Diese Zufriedenheit nahm mir den Druck, andere Menschen für mich und mein Wohlbefinden zu brauchen, um über meine Probleme zu sprechen oder um von anderen zu erwarten, dass sie für mich da waren.

Durch diese eine Stunde, in der es nur um mich ging, und das positive Gefühl, das ich dadurch erfuhr, erkannte ich erst, wie wichtig mir Zeit für mich war, und mein Bedürfnis danach wuchs.

Ich bemerkte, dass meine Stimmung auch davon abhängig war, wie viel Zeit ich für mich hatte.

Psychisch erlitt ich also immer mal wieder Rückfälle. Immer wieder nahm ich mir vor, mehr an mich zu denken, mehr für mich zu tun und mich und meine Zeit nicht so von außen und von anderen bestimmen zu lassen, aber es gelang mir leider nur sehr selten.

Schon in der Klinik hatte ich mir für zu Hause vorgenommen, nicht mehr als einen Termin am Tag zu haben, damit immer genügend Zeit für mich blieb. Zeit, um regelmäßig essen zu können, aber auch um all die Dinge zu schaffen, die mir wichtig waren, die ich mir vorgenommen hatte, Dinge, die mich selbst weiterbrachten bei der Verwirklichung meiner Ziele. Doch es war so schwer für mich, das einzuhalten.

Immer wieder ließ ich mich ablenken und widmete viel zu viel meiner Zeit anderen Menschen, weil ich nicht Nein sagen konnte; Menschen, die meine Hilfe brauchten, die einen Rat brauchten, die nicht allein sein konnten oder die einfach nicht wussten, was sie mit ihrer Zeit anfangen sollten, und mich brauchten, um sich ihre Zeit zu vertreiben.

Man könnte natürlich meinen, Zeit mit Freunden oder Bekannten zu verbringen ist auch etwas, was man für sich tut, aber das empfand ich nur im seltensten Fall so. Ich hatte bei wenigen Menschen das Gefühl, von einem Treffen auch selbst zu profitieren. Das hört sich vielleicht komisch an, weil ich zuvor auch geschrieben habe, dass ich mich, bevor ich in der Klinik war, oft einsam gefühlt hatte. Heute weiß ich jedoch, dass ich mich genau deswegen einsam fühlte: nicht weil ich zu wenig Freunde hatte, sondern weil mir einige dieser Menschen so wenig geben konnten. Ich sage ja nicht einmal, dass sie sich aus böser Absicht so verhielten, sie konnten einfach nicht mehr geben, weil sie alle so auf sich fixiert waren und auf ihre eigenen Bedürfnisse und Probleme. Mit geben meine ich übrigens nichts Materielles, sondern einfach nur ihre Aufmerksamkeit, ihr Interesse, ihr Ohr oder auch mal ihren Rat, doch vielen fiel es schwer, überhaupt richtig zuzuhören. Von diesen Menschen musste ich lernen, Abstand zu nehmen. Ich wollte mich auf die Menschen konzentrieren, die es wirklich wert waren. Ich wusste, dass es diese Menschen gab, ich kannte sie bereits.

Doch ich konnte es einfach nicht lassen. Ich schaffte es nicht, die Leute vor den Kopf zu stoßen und einfach stur zu sagen, ich hätte keine Zeit. Ich schaffte es nicht, mal nur an mich zu denken.

Ich weiß nicht, wieso, aber immer wieder traf ich mich mit Energiesaugern. Denn bevor ich mir Ärger eingehandelt hätte oder diese Menschen mich vielleicht nicht mehr mochten oder mich egoistisch fanden, opferte ich lieber für sie meine kostbare Zeit, die mir neben Beziehung, Uni, Arbeit und Haushalt noch blieb.

Somit war es kein Wunder, dass ich mich immer wieder schrecklich über mich selbst ärgerte, frustriert war, nichts zu schaffen, nicht voran kam mit all dem, was ich mir vorgenommen hatte, und immer wieder unzufrieden war mit der Situation, in der ich mich befand, eingeengt von Pflichten und benutzt von anderen.

Es fühlte sich oft so an, als würden alle an mir ziehen. Mich festhalten, um den Stein noch tiefer in mein Palmenherz zu drücken, sodass ich nicht weiterwachsen und zu Kräften kommen konnte.

Ich hatte immer wieder das Gefühl, kaum Fortschritte mit dem Essen zu machen, denn ich konzentrierte mich zu wenig auf mich selbst. Ich schaffte es einfach nicht, die letzte Stufe zu erklimmen, um endlich die Tür zu öffnen, hinter der ein Leben ohne Essstörung lag. Die Tür war zum Greifen nah, doch die Last des Steines schien mich keinen Zentimeter weiter wachsen zu lassen, um sie schließlich greifen zu können. Ich hatte große Angst, es vielleicht niemals zu schaffen und immer vor der verschlossenen Tür stehen bleiben zu müssen.

In Wochen, in denen ich ganz besonders wenig an mich dachte, ging es mir zunehmend schlechter. Ich hatte so viele negative Gedanken, fühlte mich nur noch gehetzt und immer unwohler in meinem Körper. An solchen Tagen dachte ich wieder sehr viel über das Essen nach und fühlte mich sehr schlecht, nachdem ich etwas gegessen hatte. Ich empfand solche Tage als Rückfälle, denn sie gaben mir das Gefühl, nach wie vor im gleichen Teufelskreis zu stecken, in einer Negativspirale, der ich nicht schaffte zu entkommen.

Vielen Menschen um mich gelang es, in erster Linie an sich selbst zu denken, nur ich bekam es einfach nicht hin.

Auf der anderen Seite wollte ich aber auch nicht so werden wie die anderen, denn ich mochte diese Art nicht.

Das war ein so großer Konflikt in mir, und es war so schwierig, einen Weg zu finden, bei dem ich selbst mit meinen Bedürfnissen nicht auf der Strecke blieb. Ich schien einfach kein gesundes Mittelmaß zu finden. Entweder ich fühlte mich ausgesogen und leer, weil ich zu viel gegeben hatte, oder ich fühlte mich schlecht, weil ich zu sehr an mich gedacht hatte und dabei anderen nicht gerecht werden konnte. Warum wollte ich es bloß immer allen recht machen? Vielleicht ging das gar nicht!

Meine Psychologin sagte, geben müsse man, ohne dafür etwas zurückzuerwarten. Ich glaube, ganz so einfach ist es jedoch nicht. Das funktioniert nicht immer unter jeder Bedingung. Meiner Meinung nach geht das nur, wenn man etwas übrig hat von Zeit, Kraft und Liebe oder die Person oder Situation, der bzw. in der man etwas gibt, besonders gut ausgewählt ist. Damit meine ich nicht, dass man mit den Personen, denen man etwas gibt, jahrelang befreundet sein oder in einem engen Verwandtschaftsverhältnis stehen muss. Es können auch wildfremde Menschen sein, wie etwa die Kinder damals in dem Heim in Brasilien. Jedoch sollten es Menschen sein, denen man wirklich von ganzen Herzen gerne gibt, und auf keinen Fall solche, von denen man sich eigentlich lieber fernhalten würde, weil sie einem nicht guttun, aus welchem Grunde auch immer.

Zum Glück habe ich mir nicht aus Frust das Geben abgewöhnt. Ich gebe immer noch unglaublich gerne. Heute jedoch kann ich immer öfter geben, ohne mich danach ausgesogen und leer zu fühlen. Natürlich habe ich heute selbst eine ganz andere Grundlage (bin selber bei Kräften), aber viel wichtiger ist: Ich habe gelernt, wo meine Grenzen beim Geben sind, also wann es an meine eigene Substanz geht, ich habe gelernt, meine eigenen Bedürfnisse zu erkennen, zu respektieren und zu erfüllen, und ich habe gelernt zu prüfen, ob ich, wenn ich gebe, es von Herzen gerne tue. Denn nur dann kann es bedingungslos sein.

14. Kapitel

Heute: Sieben Jahre nach meinem Klinikaufenthalt

Zurzeit bin ich in einer Klinik, mir ging es in den letzten Monaten nicht gut. Ich hatte zwar nicht so viel abgenommen, aber ich bin öfter kollabiert und war total erschöpft, hatte ständig Magenschmerzen, dann kam eine Kniegeschichte dazu, wodurch ich nicht mehr laufen konnte, und so kam eins zum anderen, sodass ich noch einmal in einer Klinik gelandet bin. Meine Entscheidung, noch mal in eine Klinik zu gehen und mit allem konfrontiert zu werden, war genau richtig. Ich bin froh, hier zu sein, und fühle mich hier aufgehoben wie nie zuvor. Alle Ärzte, Therapeuten und Mitpatienten bringen mir so viel Liebe entgegen, es überwältigt mich. Ich glaube, hier mache ich den letzten Schritt aus der Essstörung heraus. Ich glaube, ich bin jetzt erst „reif" genug dazu, richtig gesund zu werden. Es hat endgültig „klick" in meinem Kopf gemacht, ich verabschiede mich im Moment Stück für Stück, Gramm für Gramm von meiner Essstörung. Ich will es diesmal schaffen, ich habe keine Lust mehr auf das alte Leben. Nach 27 Jahren Essstörung muss ich jetzt den Schlussstrich ziehen, sonst macht es mein Körper.
An zu Hause mag ich noch nicht denken. Ich fühle mich dort nicht mehr wohl. Ich muss umziehen, das ist mir klar, aber ich weiß noch nicht, wohin. Ich fühle mich heimatlos, und dieses Gefühl ist schrecklich, und ich weiß nicht, wo mein Platz im Leben ist." …

Mit Tränen in den Augen las ich diese Zeilen. Es machte mich so traurig zu lesen, wie sehr meine Freundin um ihr Leben, um ein besseres Leben kämpfte, und ich konnte nichts für sie tun, außer ihr aufbauende Worte zurückzusenden:

„Ich würde dir so gerne helfen und dir einen Teil deiner Last abnehmen, aber ich kann nicht für dich kämpfen. Du musst es selbst und ernsthaft wollen. Du schreibst, diesmal möchtest du es wirklich schaffen. Dann halte dir vor Augen, was für ein Leben du im Moment führst. Was hast du zu verlieren? Nichts, du kannst nur dazugewinnen. Kann es noch schlimmer werden? Konzentriere dich auf deine Ziele. Du hast mir immer geschrieben, du möchtest mit Kindern arbeiten, doch dafür brauchst du Kraft. Denke bei jedem Bissen daran, du verfolgst ein bestimmtes Ziel, und jeder Bissen bringt dich ein Stückchen näher an dieses Ziel heran.

Es ist ein langer Weg aus der Essstörung heraus, deswegen vergeude nicht mehr deine Zeit. Du hast nur dieses eine Leben, und die Zeit, die du bereits verloren hast, bekommst du niemals wieder zurück. Aber du hast immer noch genügend Zeit vor dir, in der du ein besseres Leben leben kannst.
Was hält dich zurück? Andere Menschen? Die Vergangenheit? Du schreibst selbst, du hast keine Lust mehr auf das alte Leben. Dann entscheide dich heute für ein neues und beginne es zu leben. Die Vergangenheit ist vorbei, du kannst sie nicht rückgängig machen, deswegen verschwende keine Energie mehr

in sie. Sie ist ein Teil von dir, aber sie kann dir nichts mehr tun, deswegen nimm sie an, so wie sie ist.
Lasse dich nicht durch andere von deinem Weg abbringen. Jetzt denke erst einmal an dich und an deine Bedürfnisse.
Viel zu lange hatte ich Angst davor, an mich zu denken, Nein zu sagen und das zu tun, was ich brauche und was ich möchte. Ich hatte immer große Angst vor der Reaktion anderer, so große Angst, dass ich mich selbst vernachlässigt habe und fast daran gestorben wäre. Es ist lebensnotwendig, für dich zu lernen, Nein zu sagen, denn solange du nicht Nein sagen kannst, wirst du auch nicht Nein sagen können zu der Essstörung und zu all den Zwängen, die dich begleiten. Am Anfang kostet es große Überwindung, dieses kleine Wörtchen auszusprechen, aber es ist genau wie mit dem Essen – je länger du es anwendest, desto einfacher wird es dir von der Zunge gehen, und eines Tages wird es eine Wohltat sein, es auszusprechen.

Ich verspreche dir, das Zunehmen hört wirklich irgendwann auf, wehzutun, es wird dir immer besser gehen damit. Du wirst mehr Kraft haben, dir nicht mehr so viele Sorgen machen und weniger Ängste haben. Es dauert seine Zeit, aber wenn du am Ball bleibst mit dem Essen, wird es dir zunehmend leichter fallen. Ich hätte es selbst nie für möglich gehalten, aber ich habe mittlerweile die böse 55-Kilo-Hürde erreicht, und ich empfinde sie gar nicht mehr als böse. Sie macht mir keine Angst mehr, denn ich bin immer noch sehr schlank. Ich habe es nur durch Zufall ent-

deckt, dass ich sie erreicht habe. Ich habe es gar nicht gemerkt. Du musst dich immer wieder auch an Lebensmittel herantrauen, die du sonst absolut gemieden hast. Lebensmittel, die auf deiner schwarzen Liste stehen. Vielleicht dauert es noch einige Jahre, bis diese Liste ganz leer ist, aber glaube mir, eines Tages wird es keine Dinge mehr auf dieser Liste geben. Denn die Lebensmittel können dir nichts mehr anhaben, sie werden dir keine Schmerzen mehr zufügen, du wirst sie wieder genießen können.
Aber es geht nicht nur darum, weiter regelmäßig zu essen, du musst auch an deinen Lebensinhalten arbeiten. Du musst dir Dinge suchen, an denen du Freude hast, in denen du gut bist. Du brauchst Menschen um dich herum, die dir guttun, die zu deinem neuen Leben passen. Wage Veränderungen, um glücklicher zu werden, um zukünftig ein Leben zu leben, das besser zu dir passt. Dazu gehört auch dein Zuhause.
Ich kenne dieses heimatlose Gefühl nur zu gut. Doch denke mal darüber nach, ob du dich heimatlos fühlst, weil du selbst nicht weißt, wer du bist, was genau deine Ziele sind und deine eigenen Wünsche und Bedürfnisse! Lebst du vielleicht gar nicht dein Leben, sondern das Leben anderer? Streiche das Wort „vielleicht" aus deinem Leben! Du allein bestimmst, ob ja oder nein. Wer Vielleicht sagt, lässt andere über sein Leben bestimmen!

Erst beim Schreiben dieser Zeilen wurde mir bewusst, wie weit ich bereits gekommen war.

Fast sieben Jahre nach dem Klinikaufenthalt gibt es keine schwarze Liste mehr! Es gibt keine Nahrung mehr, die ich meide oder mir nicht erlaube zu essen. Es gibt keine Uhrzeiten mehr, an denen es für mich verboten ist zu essen, und es gibt keine Zahlen mehr auf der Waage, die meinen Alltag beeinflussen.

Natürlich gibt es noch Tage, an denen ich denke, mein Bauch könnte mal wieder etwas mehr Training gebrauchen, aber ist das nicht normal?

Es war ein unglaublich hartes Stück Arbeit, und nicht selten habe ich beinahe die Hoffnung verloren, irgendwann einmal ein freies Leben zu führen. Ich war so häufig am Ende meiner Kräfte und kurz davor, mich der Last des Steines, der auf meinem Herzen lag, einfach hinzugeben. Ich fragte mich so oft, wie das gehen sollte, ihn an eine Stelle zu rücken, an der ich ohne Last mit ihm leben konnte. Immer wenn ich ihn geschafft hatte zu verrücken, kam wieder ein Wanderer vorbei und bewegte ihn, sodass ich immer wieder und wieder von vorne beginnen musste, ihn einzubetten. Trotz allem habe ich nie aufgehört, die kleinen schönen Dinge im Leben zu beobachten. Manchmal schienen sie sehr in Vergessenheit zu geraten, ich schien sie kaum noch wahrzunehmen, aber sie waren immer da, selbst als der Stein noch riesig groß war und mir fast mein gesamtes Blickfeld verdunkelte. Dieses Beobachten der kleinen schönen Dinge im Leben hat mir immer wieder Mut gemacht, mich nicht aufzugeben, das Leben, das mir geschenkt wurde, nicht aufzugeben.

If anybody can disturb your peace you are the loser!
Wenn du dir deinen Frieden durch irgendjemanden zerstören lässt, bist *du* der Verlierer!

– *Bikram Choudhury* –